講談社文庫

ブラックボックス

砂川文次

JN018713

講談社

ブラックボックス

歩行者用の信号が数十メートル先で明滅を始める。それに気が付いてか、ビニール傘を差した何人かの勤め人が急ぎ足で横断歩道を駆けていく。佐久間亮介は、ドロップハンドルのポジションをブラケット部分からドロップ部分へと変えた。上体がさらに前傾になる。

サドルから腰を上げ、身体を左右に振って回転数《ケイデンス》を上げる。車体は、振られた身体とはほんのわずかだけ逆方向に傾くが、重心は捉えている。雨音の合間を縫うようにしてラチェット音が聞こえる。速度が上がるにつれて頬を打つ雨粒一つ一つがちくりとした痛みを伴うようになった。

信号なんかで足止めを食らいたくなかった。

歩行者用の信号が赤に変わる。サクマは口をすぼめて腹の底から息を吐きだす。視線を車道の信号に一瞬向ける。ドロップハンドルをさっきよりも強めに握った。バーテープのクッション感と心地よい反発がグローブを通して伝わってくる。追い越し車線を走る車のブレーキランプが先頭から順々に点灯しだす。車道の信号は黄色。横断歩道まであと少し。左右の景色が流れていく。

いける、とサクマは即座に判断した。判断すると同時に身体はもう動いている。サクマにとっての判断とは、思考というよりもむしろ習性――過去の経験と現在との類似性を照合して当てはめるのではなく、その瞬間瞬間の環境に脊髄とか筋肉とかが反応するという点において――に近いものだ。

シフトレバーはブレーキと一体型のものだったから、中指と薬指で以てこれを左側に弾くようにして1ノッチ上げる。変速機《ディレイラー》からＢＢ《ボトムブラケット》、クランク、シューズ、脚という順を経て負荷が増したことを身体が知る。だけどこれを頭で理解するのはもう少し後だ。それまで気にならなかったのに、とたんに胸に熱さと、痒いような痛いような感覚が広がる。熱した砂粒を肺の中でばらまかれたみたいな感じだ。斜めにかけたメッセンジャーバッグがいつもよりキツく締まっている気もした。

風の音がする。汗と雨水が風圧で後ろに流れて首筋で合流した。前輪は高速で回ってアスファルトに溜まる雨水を一定のリズムではね上げていた。自分の吐息が誰かのものに思えた。

あと少し、と思った矢先、ドロップハンドルの突端に、申し訳程度につけられた小さなミラーが何かの影を捉える。

いけるぞ、という判断と止まれ、という警告が頭の中で交錯した。意識するとどうしたって身体の方はワンテンポ遅れる。両脚はまだペダルを回していて、腰は立つとも座るともいえぬちぐはぐな位置で止まって、両手はブレーキレバーにかけこそすれまだ握りしめて制動をかけるには至っていない。バラバラだ。今一度信号に一瞥をくれてやると、まだ黄色のままだった。だけれども、身体と意識とマシンの一体感はすでに失われている。

ミラーが捉えた何かは車で、むしろ速度を上げて交差点に進入しようとしていた。意識が身体を取り戻し、一挙に緊張と激しい動悸と息苦しさと汗と雨の不快感を全身に伝える。気が付くとブレーキレバーを目いっぱい握りこんでいる自分がいた。ブレーキシューがリムを挟み込むが、雨の日はどうしたって制動力が落ちる。思考と習性は、速度に応じて関係性が変わる。サクマはこういうことを言語化することはできないが、肌で分かっていた。

速度が速いとき、身体は習性で動き、遅かったり止まったりしているとき、とりとめのない思考が縦横無尽に駆け回る。バイクの速度が落ちるにつれて、思考のほうが「これは間に合わない」、と結論を導き出していた。かといって習性の方が万能なのかといえば決してそういうわけではなく、頭の片隅ではまだ「いけるぞ、渡り切れ」と叫んでいる。サクマを追い上げていたのは白いベンツで、すでに並走していた。

こっちのタイヤは止まってはいたが、濡れたアスファルトの上だったから、それこそ氷の上みたいに慣性の任せるままに滑っていった。ハンドルを左に切ったのは、ブレーキでロックされた後輪が進行方向に滑ってくるのを抑えるためだった。だから身体はその反対側に傾いた。車を避けようとする恐怖からきた行動だった。悪手だった。

なんだか全部が止まったみたいだな、とぼんやり思った。そういうのんびりとした思いはよそに、状況は結構緊迫していた。ベンツは速度を落とすことなく左折し、サクマの進路を一瞬ふさぐ形になった。向こうは自転車が並走しているのを認めたのか、はたまたその速度がためか大き目の弧を描いて曲がっていた。だめだ、と思うが早いか、サクマは身体をさらに傾ける。当然の如く落車した。横断歩道の真ん中あたりだった。ベンツは走り去っている。

歩道には信号を待つ人々がいる。車もみな停止線の手前で止まっていた。回転する景色は雨の中でもいちいち鮮明に見えた。右手にはビルが林立していて、左手には皇居の濠がある。こんな雨の中でもランニングに興じる中年男がいて、横断歩道の手前で軽快に足踏みをする。空には低い、厚い雲が広がっている。

こっちを見ているやつもいたが、そうじゃないやつもいる。見てくれ、とも見るな、ともサクマは思わない。そもそも何かを願う暇は微塵もなくて、あっという間の出来事だから思考も習性もこれに追いつくことは全然できず、ただ身を任せた。

背中から——少しだけ右の肩甲骨寄りに——地面に落ちた。落ちてもなお速度は死んでおらず、サクマはそのまま自転車と一緒に、見えない糸で引っ張られるみたいにして路上を滑った。

幸いというべきか、ベンツと接触することはなかった。早々に走り去ったベンツではあったが、サクマがこういう状況になっていることは、多分今度はあちらのミラーに映っているはずだ。

ふざけんなよ、と内心毒づき、恨みがましく走り去った方向を見遣る頃には、エンブレムがどこにあるかも分からないくらいのサイズになっている。後に残るのはやり場のない怒りだけだった。大体あの手のドライバーがどのくらい周囲に気を配っているのかは疑問だ。ミラーに自分が映りこそすれ、彼又は彼女の意識に自分が投影されることはないだろう。思うと、波形の怒りがまた皮膚の下で蠢動《しゅんどう》する。

この短いのか長いのかよくわからない時間が流れているとき、音はきれいさっぱりなくなっていた。

しばらくしてから、加速度的に一挙に音が戻ってくる。触覚も味覚も嗅覚も、五感のすべてを取り戻した。背中ににぶい痛みが広がる。横断歩道はそれなりの長さがあったが、サクマは、結果的に渡り切ってはいた。

ウェアのフードをかぶっておけばよかったな、と思う。そうすれば少なくとも今こうやって雨の降りしきる道路に横たわったとしても首筋からそれが闖入してくることはなかったから。

セパレートタイプのウェアだったから、腰のあたりにもひんやりとした、それでいて不快感を伴う湿っぽさがあった。全身がこわばっていて、鈍痛があちこちにはあったけれどとりあえず骨折とか多量の出血みたいな大事には至らず、ヘルメットのおかげで頭も無事だ。

安堵した。でも完璧な安堵じゃない。さっきの怒りはまだ腹の底で燻っている。恐怖もある気がする。固体じゃない。絵具みたいで、一度混ざると取り出せない。

意識して、水泳のときのように短く一回息を吐いた。両肩の力が抜けて、地面から少しだけ浮いていた頭が落ちる。ヘルメットのコツッという音とともに。とりあえず助かった。でもまだこのアスファルトと背中の間でつぶれているメッセンジャーバッグの中には届けなければならない荷物がいくつか入っているから、いつまでも寝っ転がっているわけにはいかない。起き上がってみると、サクマのロードバイクはそれよりもさらに数メートル先まで滑っていったようだった。横倒しのまま車輪が空転している。ダンプとかバカデカいトレーラーに自分も自転車も踏みつぶされていないだけましだった。

サクマは自転車の方へと歩みを進める。背後から、鳥の鳴き声を模した機械音が鳴って歩行者用の信号が変わったことを知る。車もまた往来を行く。ビニール傘越しにこちらに一瞥を投げかける連中と何度か目が合った気がした。雨滴とビニールのせいで像はぼやけているから本当に合ったのかどうかは分からない。みんなマスクを付けていて露出しているのが目元だけだからそういう風に感じたのかもしれない。それともマスクも付けずに路側帯をうろつく自分を見咎めてでもいるのだろうか。

いや、違うな。サクマは思い直す。おれが今朝すれ違った男の顔を思い出せないのと同じように、この街の人間にしてみれば自分もまたそういう顔のない男の一人だ。

振り返ると交差点には交番があって、立番の警官がこちらを眺めていた。あるいは声をかけるべきか思案しているのかもしれなかった。排気ガスのにおいが、ほのかな熱気とともに流れてきた。

歩きつつ、ストレッチの要領で以て身体を捻り臀部のあたりを確認する。「THE NORTH FACE の黒いウェアが裂けていた。臀部から右大腿部にかけてギザギザの穴が空いていて、そこから下に穿いている紺色のハーフパンツが顔をのぞかせていた。

シフトを多めに入れて、他の配送員の穴を埋めたりして給金を多めにもらった月に上下セットで買った、ゴアテックスのものだった。穿いた回数は多分まだ二桁にも満たなくて、大体先月とその前の月はまだまだ夏真っ盛りだったように思うから、雨なんかはむしろシャワーみたいなものだった。今は違う。少し寒くて、汗と雨とで濡れたままだと身体が冷えた。

ため息をつく。ついでに背負っていたメッセンジャーバッグをくるりと背中から前面へと取り回し、運んでいる荷物にダメージがないかをも確認した。だから雨はいやなんだよ、とサクマは心中毒づいた。とりあえず中身は無事だった。

轟音とともに、大型トラックが水しぶきを豪快にはね上げながらサクマの横すれすれを通り過ぎていった。アスファルトに溜まった雨水は、見た目にはそう汚くはなかったが、においがあった。顔にかかったそれを手でぬぐいつつ、だから雨はいやなんだよ、ともう一度思い、唐突に頭の中で何かが白く爆《は》ぜた。身体に溜まっていたのは絵具ではなく、きっと可燃性のものだった。火が付いたら止められない。

「ふざけんなよ！」と握りこぶしを掲げて声を荒らげたことに気づいたのは、実際にそのセリフを口に出してからだった。

往来からの視線を感じる。確かめようとは思わない。ただこちらを訝しむ目線があることだけは確かだ。経験から分かる。この手の暴発が起きたときの周囲の反応は大体同じだから。一度沸点に達すると、元に戻ることはない。それまで我慢できていたのに、一度決壊すると、それ以上耐えることができなくなってしまう。そういう自分にも腹が立ち、視線にも腹が立ち、それからまだあのトラックに腹が立ってもいた。でもそれもほんの一時のことだ。周りも、当の本人もすぐに景色に溶けていく。それから多分また上司や同僚の悪口、新しい飲食店の話題が道行く人々の口に上るはずだ。

黄緑色のバイクを引き起こす。まだ鈍痛が残っていた。

どんくらいロスしたかな、確かこれが四個目の配送で、二時間便だったよな、間に合うかな、などと頭の中でルートを改めて思い描き、到着予定時刻を計算する。腕時計に視線を落とす。たぶん大丈夫だ。ぎりぎりだけど、大丈夫だ。切り替えろ、と自分に言い聞かせる。

サクマはバイクにまたがると同時にペダルを踏み込んだが、足だけがむなしく空転した。全く車体に力が伝わらない。力んだ勢いで、うっかりまた転びそうになった。カシャン、とチェーンの力ない音が雨音と雑踏と車の走行音との合間を縫って響く。

また動悸が激しくなった。足元に視線をやる。フロントディレイラーからチェーンが脱落していた。チェーンをつまむようにして持ち上げてフロントに引っかけた。何か違和感があって念のためリアディレイラーも見たところ、車体とディレイラーとをつなぐハンガー部分が変形していた。折れてはいなかったが、ホイール側に変形していて肉眼でとらえることができるくらいの亀裂が入っている。サクマはしゃがみ込み、手でペダルを回した。一周もしないうちにチェーンが引っかかって回らなくなった。逆回転をさせると一旦は元に戻るが、こちらもまた一周もしないうちに動かなくなった。

悪手だった。せめて変速機のついていない左側に身体を傾けていればこうはならなかったはずだ。

前後のチェーンラインが完全に許容範囲を超えていて、リアディレイラーの歯にチェーンが噛み合わずに斜めのまま固着してしまう。サクマは蹲踞《そんきょ》の姿勢のまま、うなだれた。自走はできそうにもなかった。

肩紐のショルダーパッド近くには他のメッセンジャーや配車係《DP:ディスパッチャー》とやりとりするための無線機がナイロン製のホルダーに収まっている。

「26《ニーロク》クマ」

プッシュトゥトークスイッチを押し込み、DPを呼び出す。ボタンを押すと同時に空電雑音が響く。

「どうぞ」

「クラッシュしました。誰か合流できますか？」

向こうでも若干の動揺が広がっているのが分かった。自転車便は時間で料金が変わる。料金が変われば自分の取り分も変わる。時間が短い便ほど単価が高い。そしてこういう仕事は遅いやつにはできない。急ぎの仕事を受ければ稼げる、のではなく速いからこそ急ぎの仕事を任されるのだ。サクマは自他ともに認める、速くて稼げる方のメッセンジャーだった。だからDPの動揺もそこにあった。サクマが今抱えている荷物は、ほとんどが急ぎだったのだ。

「クマ、現在地」

「千鳥ケ淵《ちどりがふち》」

DPは、本社と契約を結んでいる相手方《クライアント》からの依頼《オーダー》をメッセンジャーに割り振るのが仕事だ。この辺の采配はパズルみたいで結構頭を使う。というのも、大体一人のDPが受け持つメッセンジャーは五人前後だが、オーダーは往々にしてその受け持つメッセンジャーの数以上に入ってくる。そしてその複数のオーダーの中には急ぎのものもあれば、それなりに未来のものもあるから、オーダーの入った順とかクライアントに一番近いところにいるメッセンジャーに割り振ればいいというわけではない。メッセンジャーは、物を拾って運んで、初めて仕事になる。であればオーダーの割り振りは、集荷、届け先、次の集荷と届け先、それから時間の緩急を組み合わせることで初めて成立する。

メッセンジャーはメッセンジャーで、与えられたオーダーを逐次にこなしていくわけではなく、その日の天気とか荷物の大きさ、交通状況なんかを勘案してピックアップするクライアントの順番を自分で決める。オーダーをみっちり詰め過ぎても、臨時のオーダーに対応できないし、かといってダブつかせれば稼働率――営業所への貢献度というより自分の取り分――が下がる。

ＤＰの方ですべてを決めてしまわないのは、メッセンジャーたちがそういう微妙な街の息遣いを誰よりも知っているということを理解しているからだった。そういうことだからＤＰは、自身が抱えているメッセンジャーたちがいま現にどこを走っているのか詳細には知らない。きっと今頃、慌ててオーダーを洗って、誰を向かわせるべきか検討しているに違いない。それゆえに申し訳なかった。

「09《ゼロキュー》コン、竹橋《たけばし》、おれいけます」

無線機でのやりとりは、こういったイレギュラーがない限りは簡潔に行われる。メッセンジャーナンバーとメッセンジャーネーム、現在地。それから用件をとにかく簡略化して言うのだ。

サクマのナンバーは26で、メッセンジャーネームはクマ。サクマだからクマ、というなんとも安易な符号だったが、今助けの手を差し伸べてくれたコンこと近藤も同じ仕組みで名づけられていた。番号は営業所のほうで、委託契約を結んでいる順につけているもので「26」というのは結構古い。だから一桁台なんていうのはちょっと化け物じみている。近藤は大が付くベテランだった。

サクマはステムを持って、とりあえず今の場所から見通しのきくところに移動しようと思った。またトラックか何かに水をひっかけられるのもごめんこうむりたかった。

相変わらず無線ではほかのメッセンジャーのやりとりが短くなされている。街路樹のせいで、歩道に上がるにはさっきの交差点まで戻らなければならない。

サクマに限らず、多くのメッセンジャーはビンディングシューズと呼ばれる、ペダルと足を連結できる靴を履いていた。だからこんな雨の日でも、歩くと靴底の金属がカチリカチリと音を立てた。歩きながら、空いているほうの手でヘルメットのストラップを外して脱いだ。それまでこもっていた熱気が目に見えるようだった。

濠の柵に自転車を立てかけ、時折車道近くまで出て、タクシー待ちよろしく左右を見渡す。ペナルティかなあ、と今持っている荷物のことを考えた。客はお得意さんだから、少し遅れたからと言ってこれっきり、ということはないだろう。ただ嫌味の一つくらいは言われるかもしれない。

また自転車のところへ戻り、リアディレイラーの点検をしていると、「サクマ！」、と背後から声をかけられた。近藤だった。彼が身に着けるものはほとんど黒一色で、自転車も真っ黒だった。

近藤は、入れ替わりの激しいこの職場にあって、すでに八年以上在籍している猛者だ。サクマは駆け寄りつつ茶封筒が収められたビニールパッカーを三つ取り出した。角2封筒がすっぽり入る大きさのそれは、文字通り書類や伝票をパックするビニールの袋だ。

「この二つが急ぎで、大和の二十七階と三井の十階です」

近藤もバッグをいつの間にか身体の前に回して、受け取った二つをねじ込んだ。

顔を上げて「いつものとこか？」と訊いてくる。

サクマは応えてから、続けて「こっちのは三時間便で場所は伝票に書いてあるとおりです」、と言った。

「そうです」

近藤は最後の一つを仕舞うと、「今度メシでもおごれや」、と言い残して颯爽と駆け出していった。サクマはぼんやりとその背中を見送る。近藤はサドルに腰を下ろすことなく、キツめの前傾姿勢で身体を左右に振りながら、街に溶ける。とんだスプリンターだ。

一体どんな鍛え方をしたらああなるんだろうか。近藤は件の交差点を左折するとさらにスピードを上げて、時に車と並走し、時に追い越したりしてすぐに見えなくなった。パワーロスのしにくい素材がフレームにあしらわれているとかそういうレベルじゃない。踏み込みのパワーがまず違う。プロ崩れという経歴に甘んじないところもメッセンジャー歴を鼻にかけないところも含めて、機材トークで盛り上がるメッセンジャーどもとか自分とかとはいかんともしがたい隔たりがあるということをまざまざと見せつけられた。

本当は見習わなくちゃいけないんだけどな。

メッセンジャー一本でやっているやつは少ない。というか、サクマが見てきた限り絶無だ。であれば一本でやってるストイックな、それこそ近藤のような所作を自分も——できるかどうかは別にして——目指さなければならないことは重々承知しているが、サクマは近藤と違ってやりたくて一本になったのではなくて、消去法とか行きついた果てとしてのコレだったから、言うまでもなくそこまでストイックになんかなれなかった。フレキシブルなシフト、歩合制、求められるのは体力くらいなものという仕事はそう多くない。

すっかり燃やし尽くしたと思っていたあの感情がまたにおう。白く爆ぜるのは、多分恐怖に対する拒否反応だ。メシを食うのも惰眠を貪るのも息をするのも働くのにもカネがかかる。全部を失くすのにそう時間はかからない。走っている時は頭の片隅にも上らないこの恐怖が顔をのぞかせるのは、いつだって全てを失う一瞬に片足を突っ込んだときか全身を浸した時だ。五体満足で、壊れたのがバイクだけだったのは僥倖《ぎょうこう》だ。脚の一本でも折ろうものなら、完治するまでにその脚と引き換えに他の全てが無くなってるかも知れない。

我ながら大袈裟だなあ、とばかばかしく思うこともある。でも実際にトラックに吹き飛ばされた同僚が雀の涙程の補償で野に放たれたのを見たのは一度や二度ではない。だからそういう一事がいつでもどこでも自分を待ち構えていると恐れることは、あながち間違いではないとも思えるのだった。

もっとちゃんとしなきゃなんねえ、行動で人となりを表すことのできる人間のなんと少ないことか、とサクマなんかは自戒の念も相まって改めて近藤に思いを致す。

常々襟を正しているつもりだったが、いかんせんサクマはこの手のことが長続きのしない質だった。そこを含めての自戒であっても、明日の朝までこの決意を抱えている自信はない。これも感情の決壊と同じで、自分との約束を反故にすればするほど、その行為自体に慣れてしまうのだ。

まだ若い、という周囲からの言葉と無限にあるように思える時間に胡坐をかいてる間にどんどん色々な物が錆びついてそう遠くないうちにのっぴきならない状況に追い込まれるかもしれない、とサクマは肌で感じる。仕事を終えてのんびりと家路に着く時、うっかり立ち寄ったマックでバーガーにかぶりついている時、シャワーを浴びている時、SNSを無意味に徘徊している時、いつでもそんな不安が、恐怖が日々のクラックから顔をのぞかせる。でもその最後の瞬間が確実に来ると分かっていても、こっちに対抗する手立てがないなら一体どうすればいいんだ？

自暴自棄になるのは違う。ちゃんとしなきゃいけないのも分かる。でもちゃんとするっていうのが具体的に何をどうすることなのか、サクマにはまだよく分からなかった。分かる日が来るのかも分からなかった。走っている時だけ、そこから逃れられる。

ある程度続いているメッセンジャーは、誰しもそれなりに走れる。道路が彼らを研磨するからだ。近藤はそれだけじゃない。外的な要素と自己研鑽とが相まっているからこそのストイックさだ。

ある程度の留保がついている意味もまさにそこにあって、こんな交通量のある街中をそれなりの速度で、身を守るものはせいぜい数百グラムの自転車用ヘルメットだけというのはよくよく考えればちょっとイカれてる。文字通り生き残るには道路に寄りかかっているだけではダメなのだ。ちゃんと走力をつけられるか、いつかの同僚の如くあっけなくタクシーとかトラックとかに撥ね飛ばされるかは紙一重で、サクマは自分の能力というよりも自身の性質を嫌というほど知っていて、だから「おれの力だ」

とは思わない。近藤と自分はまず圧倒的に出発の動機が違う。長く続いているという結果は、近藤のは実力だが自分のは、ただただ「運」だ、と自らを取り巻く環境に思いを致せばこそサクマはそう認めざるを得なかった。

どうすっかな、色々。

荷物を渡してもなお、動く気になれずにいた。おもむろにiPhoneを取り出してホーム画面を見るも、ソフトウェアの更新通知がきているだけだった。雨のせいで画面の感度が悪かった。

歩いて帰るしかないんだよな、と不意に思い出して気が滅入った。歩いたらどれくらいかかるんだろうか。自転車での移動ならおおよその時間を考えつけるのだが、それ以外となると全然だめだ。雨に打たれ、自転車も壊れ、いよいよ惨めな気持ちになってきた。

意味もなくレインウェアのフードをかぶりなおした。髪が濡れていた。

十月八日、木曜日。台風十四号の接近に伴って太平洋沿岸の天気は優れず、前線の影響で東京は朝から雨、気温はぐっと下がって十一月下旬並みになる、という朝の予報を思い出す。

確か週間予報のほうもあまりよくなかった。雨の日は身体にも機材にも負担がかかる。

T字になっているヘッドチューブに手をかけ、空いている方の手で以て顔の汗と雨とをぬぐう。大きなため息をついて、意を決して戻ることにした。自転車に乗っている時と同じように、徒歩でその道をたどればいいだけのはずなのに、どの経路が一番効率的なのかよく分からなくなった。なんとなく営業所の方角へと歩きだす。

街は束の間の休憩を終えたようで、道行く人々の表情だとかまとう雰囲気に、何か一つ――サクマの想像のてんで埒外にある――ピリッとしたものがくっついているみたいに思えた。

ハザードを点滅させながら路肩に停まる緑色のバンから中年の配送員が降りてきた。マスクは顎までずり下がっていた。後ろ手にドアを閉め、一瞬鼻根に皺を寄せる。手慣れた所作で荷台から台車と段ボール箱を下ろして細長いビルに入っていく。

サクマは心の中で同意をしてやる。

分かるよ、重いものを持ち上げたり運んだりするのに、絶対マスクなんか邪魔なんだよ。病気は、コロナに限らず怖くない。怖いのは、身体が動かなくなることだ。だから本当はコロナも速度を守らないベンツも、やたらにケイデンスを上げる自分にも恐怖を抱かなきゃいけないんだろうけれども、何が安全で何が危険なのか一つ一つ確かめている余裕など持ち合わせていない。

今日の稼働率を考える。午前中いっぱいは多分潰れた。午後にどのくらい走れるだろうか。今日の取り分は、多分良くて八千円、実際は七千円前後だろう、と見積もる。今月の平均からはだいぶ下回るが致し方ない。毎度のことだが、そういう皮算用はいつの間にか夢想に達していて、気が付けば来月は新しいホイールでも買おうかなどと思案している。すぐに揺り戻しが来て、家賃、携帯料金、光熱費、その他諸々の費用が押し寄せ、来月の頭は多分また振出しだ。残る時もあれば残らない時もある。どうして残ったのか、あるいは残らなかったのかなどいちいち家計簿をつけるわけでもないサクマの知るところではなかった。思い当たる節——例えば分割で買った自転車代の引き落としとか——は、ないではない。

自分の中の自分が邪魔だった。いっそ自転車を押しながら走って戻るか、と考えるもすぐにやめた。ビンディングシューズじゃ走りづらいし、第一靴も傷める。雨だし、まだ営業所は遠い。

惨めだ、と思う。タイミングなのは分かってる。晴天でこんなトラブルにも見舞われず、近藤に預けた荷物を自分で届けて稼働率を上げに上げていればきっとご機嫌だったに違いない。帰りにはうっかりコージーコーナーにでも寄っていたかもしれない。でも今日はそうじゃない。そうじゃない日は、まるで生まれてこの方ずっと惨めだったんじゃないかとすら思えてくる。

大学に行っていれば変わっていただろうか。自衛隊を辞めなければ、あるいは辞めた後の会社員を続けていれば。もっと遡って、中学高校と真面目にやっていれば。

やめろ、と思うも感情は言うことを聞かなかった。

学校生活の我慢と忍耐の日々は感情の暴発で幕を閉じた。ただの喧嘩と言えば喧嘩だった。人によっては若気の至りとか青春とかいって美談にするかもしれない。でもサクマは違った。それまで我慢し続けていたことを勇気を振り絞って止めてみると、我慢していたこと自体がバカバカしく感ぜられて、学校なんかは行かなければならないところから行っても行かなくてもいいところに変わった。両親もはじめのうちこそ小うるさく文句を言っていたが、しばらくするとそれも止んだ。

結局仕事も同じで、一任期で辞めた自衛隊も不動産の営業も、辞める直前まではそれこそ人生の一大決心とか転換点のように思っていても、辞めてしまえば些末な事柄だったことに気付く。完全に辞め癖がついた、と思ったときにはもう遅く、感情の暴発が起きるのが先か飽きるのが先かは別にして、何か嫌になったら辞めるという選択肢がいの一番に上がってくるようになった。

ちゃんとしろちゃんとしろちゃんとしろ。記憶と思念が焦燥を掻き立てる。早くなんとかしねえと、と気持ちは急いている。ちゃんとしなくちゃいけないと分かっているが、ちゃんとしたところに入っても長続きしない。今のところがちゃんとしていないわけじゃないが、当たり前だが五十にも六十にもなって続けられる仕事ではない。気持ちの上での「はやく」と生活の上での「はやく」には、自分が思っている以上の距離があるように思えた。身体的な速さを積み重ねても全然生活は軌道に乗らず、ただただ空転するばかりだ。

反射だ。恐怖が押し寄せてくると同じ分だけ「大丈夫だ大丈夫だ」という声が心中に広がる。広がるほどに本当にそういう気がしてきて落ち着く。でも完全じゃない。奥底ではまだ火種がくすぶっていて、不意に燃え広がるのだ。それでも、今この瞬間だけでも逃げられるのであればいい。

思い返してみれば、ずっとこんなことを繰り返している気がする。入っては辞め、辞めては入り、不安に苛まれては途端に楽観的になる。軌道に乗り出して視野が広がって、なんとなく自分の先行例になりそうなおじさんやおばさんを見つけては嫌になってまた辞める。生活の諸経費に思い悩んで、なんとか乗り越えると無意味に携帯を買い替えたり新しいホイールを海外サイトで買ったりする。繰り返される日常の先にいる先輩諸氏を見るにつけ漸減していく自分のやる気ではあったが、大きなところから見てみれば、自分こそが巨大な環をなしていることに気が付く。

サクマは「でももういいよ」とはっきりと意識して考えるのをやめた。今度はうまく断ち切ることができた。

一歩も動いていないんじゃないかというくらいに街の景色に変化はなかった。無線から同僚の声が不定期に届く。自分が今どういう状況なのかは営業所のほうでも把握しているだろうからまさかオーダーを割り振るなんてことはないだろう、とサクマは無線機のボリュームを絞った。

営業所のある新宿はまだ先だ。不均一な高さのビルが新宿通りの左右に、壁のように立ち並んでいる。一階部分はコンビニだったり松屋だったりそのままビルのロビーだったりと色々だ。どれであろうが出入りする人々と自分が交わることは決してない、ということだけは分かっている。今まさにオールバックで決めた長身のスーツ姿の男を見つつ、サクマは思った。時たま配送するオフィスのうちの一つが脳裏に呼び起こされる。仕切りはガラスで、円形のテーブルでタブレットを使って働く人々。でも額に汗をにじませることはない。帰ったらきっとそのオフィスと似たような、オープンな印象のマンションで名前も知らない酒でも飲むのだろう、と勝手に決めつける。

くっだらねえな、と自分の夢想だかネットの押しつけがましいイメージだか両方に対して敵意を持つ。本当にそういう世界があるなら少しくらい見てみたい思いもないではない。どうせできないなら、しかし妙な希望を抱くよりもすっぱり諦めて小ばかにしているくらいのほうが精神衛生上いいのだ。これはサクマの数少ない処世術のうちの一つだった。

そうこうしているうちに新宿通りと中央線が交差する道路に差し掛かる。電車が通ると地面が少し揺れた。

四ツ谷駅を通り越し、さらに少し進んでから西側の小路へと入っていく。

営業所は新宿にある。しかし高層ビルが林立する駅周辺ではなく、街はずれの住宅地だ。蔦が壁中にまとわりつく空き家とか、きっとトイレは共同であるに違いない二階建の木造アパートとかが営業所の周りには立ち並ぶ。この営業所にはじめて所属した時、新宿なんておよそ人が住むようなところではないと勝手に思い込んでいたが、存外こういう住宅街もあるのだな、と知った。

メッセンジャーは自転車を駆る仕事であると同時に道を極める仕事でもある。だけれども、この営業所周辺の地理だけはどうも苦手で、思った通りの道に出られることもあればそうでないこともしばしばだった。

次の一方通行を曲がれば上り坂がある、と思えば下り坂だったり、そこを左折すれば大通りに出られると確信しているのに、曲がるとまた住宅街に張り巡らされた一方通行だったりする。当たり前と言えば当たり前だが、仕事で使わない道は全然覚えられなかった。サクマにとって営業所とその半径百メートルちょっとは職場には含まれていなかった。

サクマはそういう小路をとぼとぼと歩いた。坂道を登りきると、例の新旧入り乱れる住宅密集地の中に、自身の所属する自転車便専門の営業所が忽然と現れた。コンクリートの建物で、もともとは町工場があって、会社が買い取って営業所の一つにした。道路から建物までは少し距離があり、間には駐車スペース——本来は車のためであろうが、今はスポーツ自転車のための三角形のラックが置かれていた——が広がっている。

サクマは自転車を押しつつ、今は一台も引っかかっていないそのラックの横を通り抜ける。建物は三階建で、出入り口はガラス張りのスライドドアとなっていた。始業前、当番にあたっているものがこのドアを全て片一方に寄せる。大体は新人の仕事だ。出入口付近に自動販売機と円柱の灰皿があり、自販機は時折思い出したように、唸るように振動した。そういう構造だったから、サクマは自転車を押しながらそのまま建物の中へ入った。

所内はコンクリートがむき出しで、ダクトだとか配線だとかも、申し訳程度にカバーなんかはつけられていたが、どこを通っているかは一目瞭然だ。見ようによっては、あるいはモダンと言ってもいいかもしれない。一応ここは配達員たちの待機場所ということになっている。ドリンクホルダー付きのコールマンのイスとか丸テーブルとかパイプイスとか、中にあるものに統一感は一切ない。壁には金網が打ち付けられていて、アーレンキーやグリスガンなどの整備工具が整頓されているのかされていないのかよく分からない感じで引っかけてある。とかく壁にも床にも物が多くて雑然としている。

待機、と言ってもほとんどのメッセンジャーには持ち場が割り振られていて、各自がエリア内の公園やコンビニを待機場所にしている。そもそもこんなところで待機をしていたら、オーダーが入ってもすぐにピックアップに行けない。そんなものだから専らここは始業前、あるいは終業後にメッセンジャーたちが自転車を整備したり談笑したりするスペースとなっていた。

サクマも例にもれず自転車を直すためにここにやってきている。中には誰もいなかった。いくつかのメンテナンススタンドが床に転がっている。サクマはそのうちの一つを手に取って後輪に嵌めた。

軽く外観を目視で点検し、頭の中でどの部品を交換すれば走れるようになるかをイメージする。ぼんやりと考えつつ、作業に備えてレインウェアを脱いでいるところで、フロアの奥の扉が開いた。鉄製の扉で、蝶番のあたりが錆びついていたから開け閉めのたびに大きな音が鳴るのだった。

何か悪事を働いているわけではなかったが、サクマは少しどきりとした。所長の滝本だった。滝本も少し目を丸くしていた。

滝本も元々はメッセンジャーで、五、六年前に正規雇用になった。確か今年でちょうど四十だが、それよりも若く見える。爬虫類顔のやつは年齢不詳だ、とサクマは変な経験上の結論をこれにくだしていた。『所長』という大仰な肩書ではあるが、人手が足りない時は自らも配車業務に従事している。さすがにもうデリバリーはしていない。

「事故ったって？」

滝本が鼻の下あたりに付けていたマスクをさらに顎にまでずり下げつつ訊く。所長といえど結局は一社員で、個室が用意されるわけでも何か特別な権限があるわけでもなく、ただただ業務が過剰に付与されるだけだ。だから滝本の仕事場もDPと一緒で、メッセンジャーの情報——たとえば今日のクラッシュとか——もすぐに耳に届くのだ。

「事故っていうか、まあ、事故ですね。こっちが進んでるときに、後ろからすげースピードでベンツが追い上げてきて、そのまま目の前を左折してってたんですよ」

サクマは弁明とも雑談ともつかぬ調子で答えた。脱ぎ終えたウェアをパイプイスの背もたれに引っかけた。雨滴が小さな水たまりを作っている。

事故は、当人にとってはもちろんそうだが、余計な事務処理が増えるという意味においては所長にも影響がある。

「運転手なんか言ってた？」

「言うもなにも、そのままさっさと行っちゃいましたよ」

「そっか。なんにしても怪我なくてよかったよ。午後もできる？」

必ずしも保身からだけの言葉ではないように思えた。メッセンジャー上がりであればこそ、こういう就労形態に付きまとう足かせみたいなものをよく知っているのだ。

つまりは身体に何かがあっても補償も何もなく、基本的には自己責任で片付けられてしまう、という足かせだ。どころか、配送先のオーダーに添えなかった場合、天引きというペナルティすらあり得る。

「こっちに部品置いてあるんで、サクっと直したらまた出ます」

「助かるよ」

滝本は返事をしながら、ドアの近くにある金属製のキャビネットに歩みを進める。

サクマが理由を訊く前に――もっとも訊くつもりはなかったが――滝本は「伝票とりにきたんだわ」、と少しばかり言い訳がましく言った。

「高橋のバカがよ、昨日の伝票整理しねえで直帰しちゃったから」

サクマは苦笑した。サクマは自分の性質からいくつかの職を転々としていた。男ばかりの職場がほとんどだったが、そういう職場は陰湿なところが多かった。あのねちっこさは性別なんかではなくて、実際は働く人や組織の同質性の高さによってもたらされるものだった、と言葉ではなく皮膚で学んだ。いずれにしてもそういう空気が好きじゃなかった。積極的に関わっても、関わらなくても不利益になるが、最後の最後の部分まで自分を切り売りする気にはなれないでいて、そしてそういう性向が定期的に職を替えざるを得ない原因の一つでもあった。

「いい加減なやつですからね」とか「そういうやつですからね」とか一言いえばいいのに、言うべきことは分かっているのに、サクマは耐えてしまう。精一杯の阿《おもね》りが苦笑ででしかできない。かといって全力でそういう自分を肯定しているのかといえばそういうわけでもなく、納得はしているが居心地の悪さとも肩を並べているのだった。

「ちょっと部品とってきますわ」

心中と現実空間での妙な空気から逃げるように、サクマは滝本の脇を通って階段に向かう。ドアの隣にはS字フックで以てホワイトボードが吊り下げられている。今月と来月のシフト表だ。年月日と曜日、それから午前、午後、夜と分けられていて、メッセンジャーネームの記されたマグネットが乱雑に張り付けられていた。

メッセンジャーは完全な成果主義をとられていて、グレードごとにマグネットの色がちがう。エース、アルティメット、ノーマル、ビギナーの四段階がそれぞれ赤、緑、青、黄に分けられていた。バイトは白で、サクマは赤だった。評価基準は配送本数だけだ。

この会社は、他の自転車便の大抵がそうであるように、配達員のほとんどは委託された個人事業主という形態をとっている。サクマの所属する営業所には大体六十人くらいの配達員が登録されていて、正規社員は所長とDPの四名だけだ。バイトもいて、新たに名前が加わったかと思うと、いつの間にか消えていることもある。今は昼過ぎで、当たり前だがほとんどの配達員は朝ここにきたら夕方か夜まで戻ってこない。人によってはそのまま帰路につくこともある。だから今もこの営業所にふらふらと立ち寄っているメッセンジャーはサクマ一人だけだった。

鉄扉を抜けて階段を上がっていく。狭い。大人二人がすれ違うには身体を横にしなければならない。清掃は行き届いておらず、綿埃がそこかしこに落ちている。黴臭かった。壁には一昨年くらいに開催された市民レースのチラシとかサークル募集のパンフレットが張り付けられていた。

サクマはいざというときのためにいくつかの予備パーツをロッカールームに置いていた。というよりも、同居人もいる狭い借家に自転車のものばかり置いていられないということもあったから、大半の部品は職場に置いていた。共用で使える特殊な工具があるのもありがたかった。ロッカールームは三階で、二階は社員のスペースになっている。

一階のものと同じ鉄扉を開けると、これまた細長い廊下に出る。手前から男子用ロッカールーム、シャワールーム、給湯室、一番奥は数年前まで倉庫にしていたが、今は女子用のロッカールームになっている。もっとも、この営業所にはほんの一握りの女性しかおらず、そのうちしっかりと稼働しているのは二人だけだ。

所属しているメッセンジャー全員分のロッカーはない。大体所属人数とロッカーの数とでは前者の方がずっと多かった。それでも名前だけ登録して一度も出てこないやつもいるし、事故ったりキツかったりで人の出入りが激しいから、全員分用意する必要もなかった。矩形のマグネットに油性ペンで名前を漢字だったりカタカナだったりメッセンジャーネームだったりで殴り書きされているのは、そこそこ続いている配送員だ。室内には細長いクリーム色のロッカーが迷路みたいに並べられている。ビニールが剝げて中身が飛び出した丸椅子がいくつかあった。誰かのサイクルウェアがそういう椅子の上とか床とかに散らばっている。サクマはそれらを避けながらロッカールームを進んだ。サクマのものは部屋の中ほどに位置している。酸っぱい、いかにも男どものにおいが鼻腔をつく。誰に文句を言われるわけでもないので、サクマはロッカーを二つ、片方は着替え、もう片一方をパーツという風に使い分けていた。床に物を放置するほどに適当ではないが、ロッカー内を整頓するほどに几帳面でもなかった。パーツの方のロッカーを開けると、堆く積まれたパーツ群が目に入った。自転車は、自転車にしか使わないパーツの他に汎用的なボルトやネジなんかが使われることもあって、自分で修理をするようになってからはこちらの方面にも多少詳しくなった。不必要な部品やボルトや工具を買って、今目の前に広がるパーツのように肥しにしてしまうこともあったが、おかげで知識は付いた。

サクマはかがんで、それを漁った。箱に入っているものもあればそうでないものもある。明らかに形状の違うものは手に取ってはまた奥へと戻し、それらしきものは一度目の前へもってきて確認をした。何度か繰り返して、ようやくディレイラーハンガーを見つけた。

また一階に戻って作業にとりかかろうとしたところ、踊り場で滝本に引き留められた。

「ちょっといいか」と事務室に半ば強引に招き入れられる。

事務室は空調が効いていた。湿気もない。事務室に入って右手の壁際にＰＣや事務机が一列に並んでいる。一つの端末に二つか三つのディスプレイがくっついていて、地図や取引先のリスト、シフト表なんかが映し出されている。三人の配車係がいて、みなジーンズやカーゴパンツに会社のロゴが入った貸与のＴシャツを着ている。書類が散乱していて、お世辞にも整理が行き届いているとは言えなかった。空電雑音と指示と返答が常時交わされていて騒々しかった。誰もマスクをつけてなかった。

左手には二人掛けのソファが向き合って置かれていて、その間に背の低いガラステーブルがある。自転車関連の雑誌とかカタログが読みかけのまま放置されていた。一番奥が所長の席で、液晶ディスプレイの裏側がこちらを向いている。滝本は自席ではなく、件の応接用のソファに腰掛け、「そんな長くかかんないから」と手のひらをこちらに向けてサクマにも座るよう促した。この仕事は歩合だ。とっとと直してさっさと走り出したかった。

「ディレイラーハンガー？　曲がった？」

滝本は、サクマではなくサクマが持っていたパーツに視線をやりながら話しかける。

業界なので、よくあるトラブルにみな精通している。落車とか転倒時に壊れるパーツの代表格が、車体後部に取り付けられているこのディレイラーハンガーだった。名前の通り、変速機《ディレイラー》を吊り下げ《ハンガー》るための部品だ。

「もうほとんど折れたみたいになっちゃいました」

「シフトケーブルは？」

「多分そっちは大丈夫だと思います」

雑談は唐突に、それでいて示し合わせたみたいに終わった。滝本はテーブルの雑誌を横にどけてクリアファイルからいくつかの書類を取り出した。

「話ってなんですか?」

作業を続けつつ、「一応な、採用の話なんだわ」と滝本が答える。ちょっと間を置いて、「あったあった」とひとりごちる。

「こんな状況なんだけどさ、本部と他ンところで人が出ちゃって、一応契約期間の長いやつからこうやって意向調査兼ねた面談してくれって通知きて」

こんな状況、というのは言うまでもなくコロナのことで、緊急事態宣言なんかのときは全ての業務がストップしたからさすがに焦った。前の月は気まぐれでシフトを多目に入れていたからなんとか食いつなげた。新しい生活様式とかなんとか言われていたが、メッセンジャーがリモートになることはもちろんなかった。世の中の方はと言えば、本業の傍ら自転車で食べ物を運ぶ配達員が街にあふれた。その影響か、サクマのところにも一時的に人の流入があったもののそれも長くは続かなかった。続かない理由はコロナの前と後で差異はない。

都心に人出が戻ってくると、数こそ減ったがオーダーも戻ってきた。仕事が無くなるよりましだった。

「近藤さんとも面談したんですか？」

「軽くな。でもアレだ、あいつは近々ほかにやることあるからさ」、と妙に含みのある言い方をした。

この仕事は、メッセンジャーだけではなく正規の方も離職率が高い。理由は明らかで、まず給料が安い。次に業務が多い。メッセンジャー——業務委託——は不安定だったが、そこはトレードオフだ。走れば走るだけ実入りがあったし、疲れたらシフトで業務量を調整できる。正規になったって賞与も雀の涙で有給も使えないのでは気も乗らない。正社員という地位が欲しくないわけではなかったが、イマイチ踏ん切りがつかないでいた。

「まあ、おれもまだいいですかね」

「そっか」

滝本の方でも別段気落ちしている様子はない。彼もまたメッセンジャー上がりだから、互いに互いの状況を必要以上に誇ったりさげすんだりする意味がないだけだ。ありのままを知っている。

二人の間にまた沈黙が降りてきた。

「あ、それだけですか？」

「ん、ああ、そうだよ」

親指を立てて首の後ろ——ドア——を指して、「もう行っても？」と訊く。

来た時と同じように手のひらを上にして滝本が応じる。

サクマは自転車をメンテナンススタンドに載せて修理に取り掛かった。

ディレイラーハンガーはよく壊れる部品だったから手こずることはない。統一感はないがとりあえず整頓された風に見える金網からアーレンキーとかドライバーだとかを持ってくる。作業の手を止めることなく、しかし頭では別のことを考えていた。歩いてここまできた時間と今行っている作業と調整の時間を足し合わせる。やっぱりどう控えめに見ても午前の遅れを取り返すのは難しそうだった。

一通りの交換作業を終え、手でペダルを回してフロント、リアそれぞれのギアを変える。スムーズだった。雨だしコケたし取り分は減るしで結構散々だったにもかかわらず、サクマの機嫌はすっかり直っていた。単純なもので、部品を交換したからだった。

キャノンデールのＣＡＡＤ９という、数年前のモデルのロードバイクだった。買ったときと同じ部品はフレームだけで、あとは壊れるか交換するかしていた。黄緑色の車体は、定期的に清掃をしていたが傷だらけだった。

サクマは手際よくメンテナンススタンドを取り外すと自転車を壁に立てかけた。階段を上がり、二階の事務室へと向かう。

滝本は事務作業に没頭しているようで、サクマには気が付いていないようだった。

「終わったんでぼちぼち戻ります。どっか薄いとこあります？」

自転車便のほとんどは都心部に集中している。というか皇居を中心に半径十キロか、十五キロくらいがせいぜいだ。頼む方も、わざわざ自転車で御殿場とか牛久まで荷物を運んでもらおうとは思わない。

急ぎの書類、例えば広告のサンプルを確認して欲しいからそのサインをもらうためだとか一日でも一分でも一秒でも早く契約を成立させたいクライアントがうちに配送を頼んでくる。荷物の大きさと距離にもよるが、渋滞が多く、また電車にしても乗り換えが必要なことから、とにかくこの都市でなによりも早く届けられる道具は自転車だ、とメッセンジャーの多くがそう思っているしサクマもその一人だった。

ＤＰたちが何かを話し合い、「港の方で待機しといてもらえる？」、とそのうちの一人が振り返りざまに言う。

「了解です。ついたら無線いれます」

会社は、港・新宿・中央でエリア分けをしている。北側からの依頼もないことはないが、会社が集中しているのは、やはりこのあたりなのだ。メッセンジャーたちは朝ここにきて受け持ちのエリアを確認するか、前日までに確認している者は家から直行する。

「気を付けろな」

出がけに、滝本が顔だけを横に向けて声をかけてくる。手を上げて応答をした。

サクマは、一階で改めて装備の確認をし、それから自転車に跨って営業所を出た。駐輪場と営業所前の一本道との境目はちょっとした段差になっていて、降りると衝撃がそのままサドルから身体に伝わる。空気圧高すぎたか。はじめ、速度が出ていなかったのでちょっとフラついた。平日の昼間、住宅街に人影はほとんどない。この景色を覚えていると、ちょっと行っただけで人と車が溢れているのだから不思議だ。

港か、とよくオーダーの入るオフィスについて考えを巡らせる。T字路を左折する。サクマはまだ住宅街にいた。長くて緩くて細い下り坂がまっすぐ続く。アスファルトが車の車幅に合わせて少し凹んでいた。視線をハンドル周りから先へ先へと移していく。通りには二つ十字路があった。どちらにも「止まれ」の白字が地面に記されていたが、そのいずれもが剝げていた。カーブミラーに誰も映っていなかったからそのまま行くことにした。だんだんと速度が上がる。安定性も増してきた。タイヤが湿ったアスファルトを踏むと、ジーッと電気が通るのに似た音が鳴った。坂道の先は新宿通りだ。通りに入る手前で、軽くブレーキレバーを握って遊びを確認する。いい感じだ。

坂道の終わり、新宿通りとの交差点では傘が右へ左へと動いている。今度はさすがにそのまま飛び出すようなことはせず、停止線までに速度を落とした。制動をかけると、頭で思い描いていたよりも距離が延びた。ディスクブレーキに換えてみるか。ふと物欲が頭をもたげる。でもそうなると新しいバイクを買うことになるし持ってるホイールも流用できないからな。大体今幾ら残ってたっけな、などといつの間にか夢想している。大通りに一ブロック近づくごとに、建物の築年数が浅くなっているように見えた。

左右を見、ちょうど人通りが切れたところでぬるっと歩道に入る。あんまり長く歩道を走ると、陰湿なやつが目ざとく社名を押さえて会社にクレームの一つでも入れてくるので、すぐ近くの横断歩道から反対側に渡って自転車レーンに行くことにした。駅に向かう人よりも、駅から歩いてくる人の方が多かった。車通りは激しい。信号はあいにく赤だった。雨に打たれながら、サクマはしかしペダルから足を離すことなく立ち漕ぎの姿勢をとった。停まったままで、左に傾くとハンドルを右に切り、右に傾きそうになったらまたハンドルを戻してバランスをとった。信号待ちの何人かがつまらなそうにサクマの動きを眺めている。

車道の信号が黄色から赤になって、一拍置いてから歩行者用の信号が青に変わった。ペダルを踏み込むと同時にギアを一枚上げる。誰と競っているわけでもないのに、サクマも他の信号待ちの人々も我さきにと横断歩道を渡り始める。向こう側からも連なる人の壁がこちらに向かっていた。

歩行者の波に呑まれる前に、サクマはハンドルを右へと切ってそのまま車道に入った。上げろ上げろ上げろ、と胸のうちで小さくつぶやく。ギアをもう一枚上げる。ペダルがまた重くなった。ここでようやくサドルに腰を下ろし、一瞬視線を下に落として身体と機材の調子を確認した。万事順調だ。視線を戻すと青看板が見えてきた。飯《いい》田橋《だばし》。日本橋。半蔵門《はんぞうもん》。外堀通り。青地に白の矢印。

ウェアと顔面とに雨粒が勢いよくぶつかってくる。雨脚が強まったのではなく、サクマの速度がぐんと上がったのだった。景色が流れていく。空には分厚くて濃い鉛色の雲がのっぺりとどこまでも広がっている。車通りは多かったが流れはスムーズだった。

首都高にぶつかる前に右へ——つまりは南方向へ——と下りていきたかったがなかなかいいタイミングがなかった。本当は信号待ちをして南へ折れてもよかったのだが、なぜだか足を止める気になれなかった。今はとにかく息を上げたい。レインウェアの内側が蒸してきたが、不思議と不快感はなかった。身体が熱い。

少し先の交差点で信号が変わる。サクマは振り返って後続車の追い上げがないことを確認して、サドルから腰を上げてペダルを回す。横断歩道を行き来する人々の合間に通り抜けられそうな場所を探したが、いいところがなかった。サクマは旋回してそのまま反対車線へとUターンの要領で進入し、一本目の小路へとハンドルを切る。目当ての通りじゃなかったから、どこに行けるのかすぐには思い出せなかった。車線が減って路駐が増えた。電線がビルからビルへ、電柱から電柱へと張り巡らされている。明らかに配送業者と思われるハイエースとか軽トラックとかがうろちょろしていて邪魔だった。

しばらく走っていると、だんだん記憶と目の前の通りが一致してくるのが分かった。たぶんこのまま進めば参議院議員会館と日比谷高校の間の道に出るはずだ。さらに行けば東京タワーの麓にたどり着けるだろう。

この道をこう行くぞ、と決めるよりもなんとなく走っていた方がうまく回るときがある。今がまさにそういう感じだった。

道幅が狭く、人も車もそこそこあったので速度こそ出せなかったが、何度も信号に引っかかるよりはましだった。サクマは右へ左へと路駐のトラックや人を避けながら、半ば楽しみながら小路を行く。カーブミラーにウィンカーを点ける赤帽の軽トラックが映りこんでいた。すぐに左手の路地から恐る恐るその頭がゆっくりと出てきたのを認める。サクマは速度を落とすことなくその鼻先をかすめるように走り抜けていった。軽トラは動いているのか止まっているのか、分からないくらいだったがサクマを認めるや否やガクンと停まった。クラクションを鳴らされたが、サクマはとっくに通り過ぎていた。ざまあみろと心中でほくそ笑んだ。

首都高を潜り、大通りをまたぎ、いくつかの小路を経て目的のエリアに着いた。ギアを軽くして速度を落とす。ラチェット音が心地よい。

ショルダーパッドに装着されている無線機に手を伸ばし、「26クマ、芝公園」と報告を入れた。

平日の公園は、もちろん子連れやカップルなんていうのもいるが、同業者の方が多い。雨であればなおさらだ。歩合制をとる仕事はどんなものでもそうだろうが、待機が一番つらい。次が雨だ。待機している間は一円も稼げないし、雨は濡れるだけで消耗する。で、今はその二つが揃っている。

サクマは公園の周りをゆっくりと走って、待機に適当な場所を探した。屋根がついて雨を避けられるようなところはあいにく別会社のメッセンジャーがすでに陣取っていた。ほかにも木陰とか、めぼしいところは全部だめだった。みんなよく心得ている。路肩ではバイク便の連中も待機をしていた。

サクマは雨に打たれながら徐々に公園から離れていった。しばらく走っていると、交差点に差し掛かった。小さなビルの一階部分がセブン-イレブンになっていたので、クラッシュとか修理とかでメシも摂れなかったこともあり、そこで休憩をすることに決めた。

店の中だと、シューズの音がずっとよく響いた。店員が睨むように、それでいてどこかつまらなそうにこちらを見ている。ウェアから滴る雨を、あるいは注意したかったのかもしれない。

何を買うかはなんとなく決まっていた。というよりも仕事のとき、買うものは大体パターン化していた。途中でオーダーが入ってもすぐに切り上げられるものか、ペダルを漕ぎながらでも食べられるものか、そもそもすぐに食べ切れるか飲み切れるものか、だ。

そういうことでサクマはカロリーメイトとインゼリーとレッドブルを買った。身体を動かしていないと芯から冷え、ウェアの内側で蒸していたはずの熱気はいつの間にか体温を奪う冷気になってしまうから願わくは店内で食事を済ませたかったがあいにく飲食スペースからイスは撤去されていた。世界的なパンデミックが自分に及ぼす影響のうちの一つだった。

サクマはしぶしぶ店の外に出た。軽く辺りを見回すも、やっぱり雨をしのげるような場所は見当たらない。コンビニの窓側のところだけが、わずかに庇状のものが出ていて、頼りないけれども一応屋根の役割を果たしてくれそうだった。窓の向こう側には、ガジェット関連の情報誌とか週刊誌とかの裏表紙が見えた。

サクマはそんなウィンドウに寄っかかるようにしてレッドブルから補給を始めた。何とはなしに交差点を見やる。四辻に背の低いビルが建っていた。一つは雑居ビルで、一階部分が煙草屋になっていた。店主と思しき婆さんが一人、カウンターに新聞を広げているが身じろぎ一つしていないところを見ると寝ているのかもしれなかった。ほかの二つはそれなりに新しい、なんの特徴もないビルだった。たまに近くの勤め人とか搬入に来たであろう作業着姿の男とかが煙草屋の店先に置かれている円柱状の灰皿付近で紫煙をくゆらせていた。

空き缶を足元に置き、今度はカロリーメイトを口いっぱいに詰め込む。四本全部を食べ終わるか終わらないかのうちに、すぐにインゼリーを口中に流し込む。もそもそした食感と妙な甘ったるさが広がる。

味は分かる。甘いとかちょっと苦みがあるとか。でもサクマはそれについていちいち品評をするほど繊細ではない。味は味で、ただの事実でしかなかった。食わないとどうなるか、身を以てよく知っているだけだ。

この仕事に就いてすぐの頃、とにかく走った。文字通り寝食を忘れて走った。自堕落な生活をたった三ヵ月ほど続けて――今が必ずしも真っ当でないことはサクマ自身が一番よく知ってはいたが、その三ヵ月と比べればずいぶんましだった――、その禊《みそぎ》も兼ねた文字通りの疾走だった。

ＤＰも当時の教育担当も同僚も瞠目した。一日の走行距離が百キロを超える日がしばらく続いて、倒れた。帰ってからではなく、仕事中に倒れたのだった。信号待ちをしているときに視界の四隅がほんのりと暗くなり、その黒がだんだんと中心にまで浸透していき、ついに真っ暗になった。自分が立っているのか転がっているのかすら分からなくなったが、意識だけはあった。無線に手を伸ばそうにも、どの指をどういう風に動かせばいいのか分からず、助けを呼んだ。中年と思しき男が、ペダルとシューズがくっついたまま横倒しになっているサクマを見つけて抱え起こした。

「無線のボタンを押してください」と絞り出すように言い、ＤＰに緊急事態を知らせた。この時も近藤が駆けつけて抱えていた荷物を届けてくれて、サクマはそこから一週間休んだ。ハンガーノックだった。トライアスロンとかロードレースとか水泳とか、長時間、長距離身体を動かすことで体内から糖という糖が抜けて筋肉も頭もまるで動かなくなる症状だ、ということを教えてもらった。信号待ちでよかったようなものの、もし走っている時だったら、それが大通りだったら、すぐ後ろに十トントラックでも走っていたらと思うと首筋から腰にかけて、うすら寒いものが通り抜ける。

この仕事は食わないと死ぬ。二回目はない。今まで色々な仕事をしてきたが、食わないでもそれなりにやってのけられた。でもここはだめだ。サクマは自身でも理解している通り頭がいい方ではない。いちいちこっぴどい目に遭わねば理解ができないのだった。

ゴミ箱は店内だった。缶は缶の穴に、他は全部燃えるゴミに入れた。

食べることはエネルギー補給以上の意味は持たない。ＳＮＳや雑誌や身の回りの人間から漏れ聞こえる世間の食べ物に対する感覚に、なんとなくサクマは反感を持っていた。そこまで強いものではなかったけれども、いちいちタイムラインで流れてくる皿がデカくて量の少ない食べ物の写真を見るのは腹が立った。そういうことでサクマは、食べることに何らかの価値を持たせたくなかった。

店を出るとき、「芝スタジオ着信、クマいけますかー」、となんの前置きもなく無線が鳴った。誰がどこからのオーダーをとっているかをＤＰはモニターで把握しているから、質問の形をとってはいるが、これは指示だ。

ガードレールとフレームを繋いでいるダイヤル式のワイヤーチェーンを外す。

「りょ、向かいます」

無線のプッシュトゥトークを押し込む。無線のスイッチがあたかも自分のスイッチでもあるかのようだった。バイクにまたがり、通りに出る頃には自分の全てが走ることに向けられている。こういうときに余計なものが入り込む余地は一切ない。

走りつつ、頭の中で道順を思い描く。芝スタジオ。得意先だ。多分配送先もいつものところだろう、とサクマは見当をつける。

芝スタジオはアニメの制作をしているところで、六本木から少し外れたところにあった。ここも坂道があちこちにあり、このスタジオは坂の頂上に位置していた。十分くらいでつくかな、と算段をつける。

雨脚が弱まってきていた。心なしか人出も増えた気がする。風が少し強くて少し冷たい。

走っている時は、意識しないでも身体はあるべきところに収まっている。目線は遠すぎず近すぎず、脚は一定のリズムで力を入れすぎず抜きすぎず。耳は車の音をしっかり聞き分けてくれている。心臓が動いて肺が動いて呼吸ができて。

サクマは車道と歩道の間を一定の速度で走っていた。車の方は少し流れが悪く、同じ車を何度も追い越したり追い越されたりした。道路の両脇にはモダンな装いの細長いビルと歴史を感じさせるビルとたまに空き家があった。さっきからずっと並走をしている白いワゴン車が勢いよく進み出て、サクマの少し前で自転車レーンに幅寄せをした。

ぜってーわざとだろ。

サクマもサクマでムキになる性分だったから、通り抜けこそできなかったので迂回しつつも、ワゴン車を掠めるようにして進んだ。

道路は程よく緑化されていて、標識と電柱がそこら中に立ち並ぶ。その道を高級車やマイクロバスがのろのろと行く。

芝スタジオは、今走っている通りより一本奥まったところに位置している。一本道を外れただけでずいぶん音が静かになったように思うのは、雨のせいもあるのかもしれない。この辺りも営業所周辺と同じく住宅とビルとが混在していたが、あそこと比べるとずいぶん洗練されているように見える。古風な家はしっかりとした門構えをしていて格式を感じさせた。

依頼主の建物は、何度か来たことがあったしそういう街並みの中にあってちょっと浮いているのですぐ見分けがつく。普通のオフィスとかコンサルティングファームが入っているようなビルというよりも、成金の戸建てみたいな見た目のコンクリート造りの三階建てで、地上から二階まで外階段が伸びている。荷物の受け渡しはなぜか大体いつもその階段で行われた。

資料とか写真とかペンとかファイルとかが積み上げられ、インクと紙とよくわからないがゴムに似たにおいが充満している作業所と思しき様相を、依頼をしてきた男の肩口から垣間見ることがあった。何度見たところで中でどういう作業が行われているのかはさっぱり分からない。もっともこの分からなさというやつは別にこのスタジオに限った話ではなく、官公庁や証券会社、とっ散らかったオフィスにも、ガラス張りでいかにもネットやテレビで見るような西海岸系と言わんばかりのオフィスにもあった。彼らが何かをしているのはどうも確からしいが、さらに踏み込んで何をしているのか知ろうとしても絶対に触れられないものがその奥にあるということは共通している。そしてこの分からなさは、なんとなく帰路についているなかでどこからともなく漂ってくるカレーとか煮物のにおいと似てると思う。

自転車が完全に止まる前に、右足をペダルから外すと、後ろ回し蹴りみたいにして左足の後ろの方へと持ってくる。サクマはブレーキをかけることなく、左足をもペダルから外すと自転車から飛び降りてしばらく両脚で走った。件の階段の下に来た時、自転車のフレームとヘッドチューブあたりをつかんでひょいと持ち上げるや否や、くるりと向きを反転させて発進に備えてそのまま壁際に立てかけた。

階段を駆け上がる。シューズのクリートがカンカンと音を鳴らす。

インターフォンを押し、社名を伝える。ドアが開くと、恰幅のいい中年男が出てきた。脂ぎっている。部屋のにおいが流れ出てきた。いつものことだ。先方から茶封筒を渡され、バッグにしまい込む。こちらは伝票を出し、差出人と宛名を書いてもらう。

「早かったですね」

相手が、書きつつ話す。

「商売なんで」

サクマは笑って答えた。この間の微妙な時間は手持無沙汰だ。

「助かります。ついさっき作監の方のオッケーが出て、次も詰まってるからすぐに動画に回さないといけないんですよね」

言い終わると同時に、相手から伝票が戻って来る。アニメの仕事はよくわからないが、絵を描くのと絵を動かすのはどうも全くの別ものらしい。彼らから説明を受けたわけではないが、何度も配送をしているうちに、なんとなくそういうものだということを知った。

「じゃあよろしくお願いします」

男は、いかにも解放されたように晴れやかだった。伝票とともに彼の緊張がこちらにやってくる。

こっからが仕事だ。午前の遅れを巻き返すぞ。

サクマは階段を降りながらメッセンジャーバッグのバックルを手慣れた手つきで締めた。

バイクにまたがり、左足で以て地面を蹴って発進する。と同時に、「26クマ、ピック終わりました。播磨映像向かいます」、と無線で伝える。

やりなれた道だ。迷うことはない。ただ交通量も信号も多いからぼんやりできない。

「了」

いくつもある似たようなオーダーをいつもの道を通っていつも通りにこなす。

このデリバリーもいつも通りにこなすことができた。携帯を見てみると、他のオーダーが三つきている。急ぎの依頼は無線に入るが、それ以外の依頼は全てアプリに、時系列順に並ぶ。

これらを順次こなしていって、最後のデリバリーを終えたとき、すでに十八時を少しまたいでいた。十月に入ってからというもの、急に気温が落ちて、暗くなるのが早くなったように思う。朝の話では、一応サクマは十七時までのシフトになっていたが、オーダーを受けているうちに少し時間が延びてしまった。

そこそこ営業所に近いところにいて、直帰してもよかったのだが伝票の整理をしようと思い立った。

この仕事は、指定された時間までに指定されたエリアにいて、指示されたオーダーをこなせば営業所に顔を出さなくても問題ない。家から配達エリアに行って、それが終わればそのまま帰る、というようなことができて、この気楽さが仕事を転々としている自分がとりあえずはやっていけている理由なのだと思う。

ある程度伝票が溜まったら整理はしなければならないし、ストックも持っていなければならないから一度も行かないというのはさすがに無理だけれども、自分の気の向くまま、というのが良い。

DPとか所長みたいな正社員はこうはいかない。日々の報告書、その日シフトに入ったメッセンジャーたちの実績、勤務時間、配送した会社への請求書の発行とかとにかく処理しなければならないことが山積している。こなせどもこなせども次の日はまた振出しに戻る。

やっぱり正規は無理だな。

荷物を運んでいるのではなかったから、比較的ゆったりとしたペースで車道の端を走行しつつ、サクマは思った。

見慣れた坂を上りきると営業所が見えてきた。ラックにサドルをひっかけた自転車が何台かあり、駐め切れないものは壁沿いにあふれていた。ピスト、ロード、クロス。いろんな種類の自転車が雑多に並ぶ。サクマはペダリングをやめ、足を軽くねじってペダルからクリートを外した。適当なスペースを探したが見つからなかったので誰かの自転車に重なり合わさるように立てかけた。

外の様子から予想できたことではあったが、昼間とは一転、一階はメッセンジャーたちで溢れていた。すでに着替えている者も少なくない。何人かはメンテナンススタンドに後輪をひっかけてチェーンに油を注したりしていた。会話と工具の音とラチェット音とでにぎやかだった。いつもの光景だ。

「おつかれでーす」

そういう一団の中から小動物じみた挙動で中腰になってこちらに声をかけるものがあった。後輩の横田だった。横田の他には滝本と近藤と高橋がいた。四人は折り畳み式の長机を囲むようにして座っている。

横田が手近なところからコールマンのイスを持ってきて自分の隣に置き、そこを叩いてサクマを招く。みんながみんなコーラを飲んでいた。横田は誰からも好かれるタイプだ。サクマも嫌いじゃなかった。身体も顔のパーツも小ぶりで、丸めた頭は坊さんのようでもあり野球部員のようでもあった。おれがないものをクソほど持ってる、とサクマは羨望でも僻みでもなく、ただの事実として受け止めていた。

「伝票整理してくっから」

サクマは小さく手を上げて横田の誘いを引き延ばして二階に駆けあがる。伝票は、受け付けた内容ごとに専用のラックがあるのでそこに入れる。それから受付簿に自分の名前、日付を記入する。二人のDPが残っていて、夜間配送のオーダーをとったり指示を出したりしていた。夜の無線は音が通る気がする。下に降り、サクマは「おれも買ってくるわ」、と一座に一言述べてそのまま外の自販機へ向かった。500㎖の缶のコーラを買い、そういえば自販機でこのサイズの缶が売られているのは少ないな、と思った。中の喧騒と光が外へ漏れてくる。おもむろに背後の宅地を振り返った。雨が降り、古びたアパートから光が伸びる。アパートの外階段には波形のトタン屋根がついていて、雨水がその終点から滴っていた。建物と建物の間隙はほとんどなく、そういう壁と壁の間から立ち上る煙は換気扇からのものか。

ブラックボックスだ。昼間走る街並みやそこかしこにあるであろうオフィスや倉庫、夜の生活の営み、どれもこれもが明け透けに見えているようでいて見えない。張りぼての向こう側に広がっているかもしれない実相に触れることはできない。そんな予感がぼんやりと心中に拡がる。

サクマは踵《きびす》を返し、逃げるように中へ戻った。

「サクマさん知ってました？　近藤さん十二月いっぱいでやめちゃうって」

こちらが席に着く前に、だしぬけに横田が言った。

サクマは「えっ？」と目を丸くして、それから近藤に視線を移した。近藤は照れ臭そうに「ショップ出すんだわ」、と頭を掻く。コーラを一口飲んでから座った。座る直前、慣れた手つきで今は空になったメッセンジャーバッグをくるりと腹の前へと持ってくる。

そりゃそうか、とすぐにサクマは一人合点をした。近藤もいい年になったし、そういえば去年くらいからシフトを減らしたり変わったりして専門学校の講習に出ていたから、多分その準備だったのだろう。年には勝てない。どれだけ鍛えても、だ。この仕事を終生の生業としているやつを見たことがないし、多分このあともいないはずだ。近藤には確か奥さんと子供もいるから、なおさら地に足をつけて、手に職をつけて生活をしたかったのだと思う。

メッセンジャーは一生続けられる仕事じゃない。このことはサクマにとっても結構重大な問題として頭をもたげてきている。でもメッセンジャーをしているとメッセンジャーは一生できないという問題を直視せずに済む。ペダルを回して息を上げて目を皿にして街中を疾走している瞬間を積み重ねることで一生を考えずに済む。

正社員の道もないではないが、ＤＰか営業所長か営業か、とにかくそのくらいしかない。経理とか人事とか総務とかも会社にはあるけれど、メッセンジャーをやるようなやつには向かない。

この仕事につくやつは、他に生業を持っているやつが趣味の自転車を活かして片手間にやってきているか、自転車が趣味のやつが自転車を仕事にするためにやってきているか学生のバイトか、食い詰めたやつか、よくわからないがなんとなくやってるかのどれかだ。

サクマは、おれは多分最後のやつだな、と思っている。自転車をイジるのも乗るのもそれなりにやるが、周りの連中ほどじゃない。ましてやショップなんて柄じゃない。かといってファッションとかアートとか他にやりたいことがあるわけでもなかった。横田なんかも自分と同じ側にいるとサクマは見ていた。ただ横田は、やりたいことがしっかりとある、と常に胸を張っている。かなり軽率で日々言うことが変わるのだが、本人は結構まじめだ。ある時はユーチューバーになりたいとか言ったかと思えば、次の月にはグラフィティの個展を開きたいとかセレクトショップをやりたいとか自転車カルチャーを日本に浸透させたいとかバカなことばっかり言っている。そこが愛嬌でベテランからも気に入られていて、なぜか新人たちからも慕われている。今も「ぼくらも近藤さんを見習わなくちゃですね！」と鼻息を荒くしている。

滝本が横から「安定したくなったらいつでもおれに言えよ。正規の枠まだ空いてっから」と茶化す。

横田はあからさまに顔をしかめて、ここドブラックじゃないですかー、などと言いながら背もたれに身体を押し付ける。

「店出すとき、マーケとかやったんですか？」

高橋が思い出したように話を戻した。

「まあ、講習受けてたし、そういう情報はメーカーもちゃんとおろしてくれるから。一緒にやるやつもそこらへんは心得てるよ」

近藤がそっけなく答え、滝本はわざとらしくため息をつく。

高橋は、確か横田と同い年の二十四だ。本人はさりげないつもりかもしれないが、常に自分のフィールドに話題を引き寄せようとする残念なやつだった。よく横文字を使っているし企業がどうのとかセミナーがうんぬんとかを話の節々に組み込んできて、特に勤め人を経験したメッセンジャーとか滝本みたいな社員から疎んじられている。走力は人並みで、判断はそれ以下だったから、高橋がいないところではひどい言われようをしていた。それでも同じ方向を向いている二十歳前後の入所したてのやつはうっかり騙されたりしていた。

サクマはといえば、憎たらしいとかナメてるとかを抱懐する以前に、そもそも何を言っているのか分からない時があったので高橋がこういう話題を取り上げるときは黙ることにしていた。別にこれは高橋が喋る時に限った話ではなく、いつ頃からか、こういう傾向がどうもおれにはあるぞ、と段々と気が付いたからだった。学校とか転々とした職場だとかで言われる細々した指示とかマニュアルとか会話とかで、急に意味がばらばらになったような感覚に襲われ、何を言っているのか本当に分からなくなることがあった。ぼーっとしてることも確かにあったが、意識がはっきりしていて、聞き取ろう聞き取ろうと努めてもだめで、ああ、おれは多分こうなんだ、とサクマは思うようになって、以来黙るようにしていた。

しばらく高橋の講義が続いたが、滝本と近藤が子供の学資がどうのとか配偶者の健康保険がどうのという〝大人〟の話をしだし、サクマはiPhoneでSNSを巡回しだし、横田ばかりが口を半開きにして熱心に聞いているのを認めると、これまた思わせぶりな「ちょっとこの後あるんで」というセリフとともに営業所を後にした。

「なんなんだよアイツ。さっさと辞めてくれや」、と高橋が営業所から出た途端に滝本が吐き捨てるように言った。近藤は「まあまあ」、と取り合わない。近藤のいいところは与しないところだと思う。横田のいいところはこういう機微をよく分かっていないところだと思う。

おれはどうでもよかった。とやかく言われている高橋ではあるが、とりあえず大学は出ているし自分より若いし職歴も少ないし、その分自分なんかよりは全然いい。あれはあれで、仮にこの仕事を辞めても——うまくいくかどうかは別にして——やっていけるだろう、と思った。本当のところは知らない。高橋に限らず、そこまで踏み込んだ話を同僚と交わしたことはなかったからだ。生い立ちにしてもそうだし、手取りとか生活基盤とか、とにかく本当に生きている証みたいなものを谷底に置いたままにしている感じだ。こういう座に加わっているときもなお、各人の内に見えなさが備わっているように思える。さっき見た、雨に打たれる夜の街並みと同じだ。

サクマはどこか上の空で、座に加わっているのかいないのか定かならぬ様子で「うん」とか「ああ」とか変なタイミングで相槌を打っては、そんなことを考えた。タイムラインを一通り眺めた後、Yahoo! ニュースの見出しを目で追った。運送業の男が解雇されたのを恨み、包丁で元同僚を刺し殺したというニュースがあった。

その後は機材の話になり、仕事の話になり、滝本は残務があるからと二階に戻って、近藤はあんま遅いと女房がうるせえからと帰路につき、横田とサクマだけが残された。

フロアはすっかり静まり返っていた。ナイトシフトの何人かが出たり入ったりをしているだけだ。

「おれたちもぼちぼちいくかあ」

携帯を仕舞いながら立ち上がり、ちょっと決意めいた感じでサクマが言う。実際、サクマはここから自転車で帰るから、それなりに覚悟がいる。

「サクマさん、自転車で帰るんですか？」

横田はまだ座ったままでサクマを見上げた。

「そうだよ」

視線は合わせず、さっさとケツのあたりの破けたレインウェアを着込む。

「ハードですね」

横田が笑う。

「なんも考えなくて済むからな」

「そうですかあ。ぼくなんか走っててもすげえ色々考えちゃうんスよね。サクマさん、たきもっさんから採用の話聞きました？」

「聞いたよ。それよりお前このまままたダラダラしゃべるつもり？」

「そのつもりです」

語気を強めて横田が答え、サクマが笑う。

「だったらどっか別いくか。ちけーところがいいんだけど」

「なんかうまいもんでも食い行きますか」

「いかねーよ。三鷹《みたか》がいいんだけど」

「え、ぼく真逆なんですけど」

「じゃあやっぱ近場しかねーな」

二人は建物と駐輪スペースの境に並んで立ち、ぼんやりと空を見上げた。

「台風来てるらしいですね」

ああ、と気のない返事をしてやる。幸い今月のシフトは週四にしていて、毎週金曜を休みにしてたから明日と土日は休みで、台風は避けられる見込みだ。

「お前明日あんの？」

もちろん仕事のことだ。

「入ってますよー。午後からです」

「よー」の部分が尻下がりでいかにも面倒くさそうだ。人のことを「ハード」とからかっておきながら、横田も横田でウェアを着だしていた。

二人は並んだり一列になったりして走って新宿通りまで出た。通りの向こう側のナントカという店のナポリタンがうまいとかあそこは煙たい、みたいな店の話ばかりを横田はしていた。しばらく西へ進んで、二人は結局外苑西通りの交差点にあるモスバーガーに入った。バイクはガードレールに立てかけて地球ロックをした。こんな雨の中にあのオンボロバイクを盗むやつがいたら、それはそれでうっかり称賛を贈ってしまうかもしれない。

店は左右に狭く、奥に長かった。いくつかのテーブル席とカウンター席があるが、どれもこれもに感染防止のためのアクリル板があって、一層の圧迫感があった。もういい時間だったが、ＰＣを開いて顔をしかめては打鍵する男女が何人かいた。テーブル席はそういう連中とかちょっと声量の大きい学生たちに占領されていたのでやむなくカウンター席に並んで座った。濡れたウェアをバッグに押し込み、テーブル下のスペースに抛った時、隣の中年がいかにも迷惑そうにこちらに一瞥をくれた。

携帯で同居人に帰りが遅くなる旨ラインをし、その流れでなんとなくＳＮＳを巡回し、横田が隣でさっきの話の続きをしだす。サクマは釣られて求人を検索した。

「いっつも断ってたんですけど、なんか今回は保留しちゃったんですよねー」

「たきもっさんの話？」

「そうです。景気悪くなるとかいってるし、このままでいいんかなー、みたいな不安、ありません？」

サクマは「そうなあ、」と聞いているのかいないのか不分明な返事をしながら携帯に視線を落としている。「事務員は無理だな」、「運送屋の仕分けとか搬入はだりいしな」、「免許ねえから運転は無理だなあ」とか心中でいちいち感想を述べ液晶画面に親指を這わせる。引っかかる単語が映ると一瞬動きを止めて確認をし、給料と業務内容を読み込んで「やっぱちげえな」、というのを何度も繰り返した。

「聞いてます?」

「聞いてるよ。働きたくねえって話だろ」

横田は「全然聞いてないじゃないですか」と笑いながら突っ込みを入れた。

「逆ですよ、そろそろちゃんと働きたいなって」

サクマは思い出したように携帯をテーブルの上に放って、「つっても今のトコより金払いいいところすくねえんだよな」、と言った。

「そうなんですけど、ロクな保険とか福利厚生とかないから高いっていうのもありますし、もらってる分からの持ち出しも結構あるじゃないですか」

すり減ったブレーキシューとかシフトケーブルとかバーテープとか、確かに仕事をする上で色々計上しなきゃいけないものはある。もちろんディレイラーハンガーもそのうちの一つだ。とはいえ、とサクマは思いださずにはいられない。

ちゃんとした仕事に就いていた時期もないではなかったが、そこに必ずついてまわる諸々にサクマは順応できなかった。三枚複写の保険の申し込み用紙とか人事とか本部とかに出す書類を見るたびに目が滑って何も考えられなくなってしまうのだった。雇用とか被用者とか期間の算定みたいな単語は、あっという間にサクマのやる気をねじ伏せてしまう。

「で、お前はやんの？」

「だから相談してるんじゃないですか」

苦笑しつつ、「訊く相手間違えてんぞ」と答える。

「なんとなく分かってましたけど」

横田も笑った。

「いや、サクマさんどうすんのかなって。近藤さんの次にここ長いし、色々やってきたみたいだから、なんかいいトコ知らないかなーって」

そうなあ。

サクマは言いつつ、頬杖をついた。考えているうちに、あっという間にそれらは雑念に変じ、想起と交わってどろどろに溶け合う。

サクマは仕事を転々としていた。はじめ、働く目的は明確だった。家を出る。それだけだ。なんだか圧迫感のあったあの家を出る。それだけだった。高校を出て、すぐに自衛隊に入った。まだ未成年だったから、入隊に際しては応諾書という、親のサインが必要だったが、字のきれいな友達に頼んでハンコは文房具屋で買ったものを押印した。

起床から就寝まで、何もかもを規則で固められる生活というのは、一方で考えなくても済むということで結構気楽だった。でもこれも結局は一任期二年で辞めた。

「わりいんだけどさ、次の残留替わってくんね？」

部隊は、駐屯地内に起居する営内者と、外の世界に住む営外者とに分かれていて、平日も休日も、前者は課業が終わったら「どうぞご自由に」ということにはならない。何かが起きた時のために、必要最低限の人員を中に待機させておく残留という役回りがあって、任期ばかりが長く、未だに陸士長の先輩からあるときこれの交代を半ば強引に頼まれたのだった。彼はその後に「次の曹候の試験勉強しなきゃなんないからさ」というもっともらしい言い訳をしたが、部隊の誰もが知っているが、その男は自由時間を勉強に充てるような男ではなかった。サクマは感情にムラがあって、その日、そのつもりはなかったが突っかかってしまった。階級より経験がものをいう世界で、そのどちらもが乏しいにもかかわらず、だ。あっという間に取っ組み合いの喧嘩になり、陸曹がすっ飛んできて二人を引き離した。

ちょうどいいきっかけだ。口の中に鉄の味が広がっているのをかみしめながらサクマはその時思った。家を出て、できればずっと遠くにいくのが目的だったにもかかわらず、家からほんの三十キロばかり離れた大宮駐屯地がサクマの原隊になっていた。そういうことも相まって、一任期で辞めた。

その次に選んだのは都内の不動産屋の営業職で、もちろん大手なんかではなく、西武線沿いのしょぼい駅前の雑居ビルの一階に入っているところだった。ただ、店舗自体はそこの他にもう一店舗があり、従業員数は五十人台と六十人台を行ったり来たりしているところだった。住むところと働くところが同時に決まったのがとにかくありがたかった。今にして思えば薄給激務のブラック企業ということなんだろうが、比較対象がずっと職場で寝泊まりするような自衛隊だけだったから、その時は気にもならなかった。ただこれも一年で辞めた。

社長の息子もサクマと同じ事務所で働いていて、女性の事務員にくだらないいたずらをしたり、自分のろくでもないエピソードをだらだらと喋るやつで、上の空で聞いていたりするとたまに怒鳴ることがあった。

「お前のそういうやる気のないところがダメなんだよ。もっと仲間と色々やってたらそうはならねえぞ」みたいなことをその時も言われた気がする。おっさんのやんちゃエピソードとそこから引き出された教訓が本当に自分のためになるのか甚だ疑問だった。第一そのエピソード自体、こっちは真実なのかどうか分からない。テレビとか漫画の話かもしれないし、あのおっさんは本当にまとめサイトの話をさも自分のエピソードみたいに話すことがあったから、その時もついうっかり「でもまとめサイトの話を自分のことみたいに話すじゃないですか」と言い返してまた怒鳴られた。怒鳴り返して喧嘩になってクビになった。

「よせばいいのに」と後になって思うことは多々ある。だけれども、大抵の場合抑えが利かないのだ。頭の中で何かが白くぱっときらめき、気が付くと口か手が出ている。暴発する度にそのハードルが低くなっている気がした。誰かを殴るのに、思い出せないけど一番初めはきっとすごい緊張を伴ったはずだ。殴ったり殴られたりする回数分、自分のネジがゆるんでどこかに飛んでいく。次にそれをやるとき、最初の緊張はもうない。

とにかく、おっさんのくだらない話を聞かないで済むのはよかったが、働くところと住むところを同時に失うのには閉口した。

その後は寮がついている工場とか現場とかを転々とした。仕事を変える度に住むところも変わった。契約社員のこともあったが、大体はアルバイトだった。

思い出すのは一瞬だ。でもこれもいつかはきっと忘れる。あのクソみたいな社長の息子と会うことは二度とないだろうし、怠け者の先輩陸士長と会うこともちろんないだろう。

サクマは心中自嘲した。一瞬の想起ではあったが、いいところなんて何一つ知らないし、ましてや人に何かアドバイスをするなんて恐れ多くてできやしない。

「今が一番いいよ」

自身の職歴をざっと振り返って、心底そう思っていた。無駄な上下関係も横のつながりもなく、体一つあればとりあえず十分すぎる給金がもらえる。

でも横田は不満そうだ。

「確かに走れば走った分だけもらえますけど、最初の方はすっげー金払いいいじゃんとか思ってましたけど、なんか最近周りに追いつかれてきたっていうか、なんなら追い抜かれてるんじゃないかなあって思うようになって。家賃補助とかそういうのもないし」

「試しに就職してみてもいいんじゃねえの。出戻りだって少なくないだろ」

「職歴いっぱいあるのって、どうなんですかね」

「知らんよ」

横田はわざとらしく「あー」と声を上げてテーブルに突っ伏した。しばらく間を置いたかと思うと、ぱっと顔を上げて「もう二十四だし、ちゃんとするか三十になるまでに物になる土台みたいなの、絶対今見つけなきゃですよ」、とむしろ横田は自分に言い聞かせるように言う。

横田の言う焦りは、サクマも痛いほどよく分かる。「ちゃんとする」も「物になる」も全く抽象的で、ただ二十四と三十という具体的な数字だけが重しになっている。ネットでもテレビでも、若い世代の活躍と銘打たれたものを見るにつけ、アスリートでも経営者でもないけれども、漠とした焦りをこれらは喚起する。SNSでも「三十までにしておくべき」みたいな文言を普通の人々が発信して、こちらの気を滅入らせる。プロアスリートやベンチャー社長の「やっておくべき」からは、おれはフツーだから、で逃げ通せてもフツーの人々から発信される「やっておくべき」からは逃げようがない。

「つーかあと二年で三十になるおれにそういうこと言わねーだろフツー」

軽く小突いてやった。

「いや、サクマさんはいいんですよ、色々経験してるしもう同棲もしてるしなんかゴール見えてるっぽくないですか？」

「はあ？　なんだよ、ゴールって」

サクマは心底驚き、横田の顔をまじまじと見た。いつも通り、嘘偽りのない横田だった。

「マジでどうしよ、このままじゃマジヤバイっすよ。二十四でコレ、どう思います？　ていうかサクマさんは二十四の時どんな感じでした？」

ゴールの話は無視かよ。

「お前と変わんねーよ」

ゴールってなんだよ。訊きたかった。でも、自分がゴールの近くにいるように見えているのであれば、なぜだかそのままにしておきたい気持ちが勝った。

「でも今時こんな古臭い問題に頭抱えてんのってダサいのかなぁとかも思っちゃうしなぁ」

「なんだよ、古臭いって」

「いやほら、エスディージーズとかマイノリティとかサステナブルとかゆーじゃないですか、だから今時正規がどうのとか賃金がどうのとかっていうのって違うのかなって。ぼくらももっと環境とかにコミットした方がいいんじゃないかなって、どうです？」

サクマは噴き出した。

「古いかどうかなんて知らねえし、『ら』っておれを巻き込むなよ。毒されすぎだろ」

横田は、だけど笑わなかった。こいつのいうように自分たちが直面――もっとも、サクマは字義の通り走ることで逃げてはいたが――している問題が本当にカビが生えて誰からも見向きもされないものなのだとしたら、自分の生活はもうどうしようもない。で、別の仕事を探してみたところでさっきみたいにアレが良くない、コレが良くないと候補を絞っていくうちにいつの間にかリストの一番下に来ている。残るのは心中のもやもやだけだ。

「ショップ出すのってどうなんですかね。今度訊いてみようかな。ぼくもこのループから早く抜けたいです」

ループとゴール。横田の言葉が頭に引っかかった。どこが、と言われると分からなかったが、とにかくしこりみたいに、溶け切らないココアのだまみたいに頭の底にこびりついた。

「抜けれるんかねえ」

今度はサクマの方が自分に問うように応じる。これについては結構淡泊だ。こんな日々を積み重ねた先にあるものは、やっぱりゴールじゃないという気がしている。どんな日々を積み重ねたら納得できるゴールがあるのかは分からない。ひょっとすると積み重ねるという行為はゴールから遠ざかっていくことなんじゃないか、とも思える。一攫千金を夢見るのと同じばかばかしさが、積み重ねを拒否する行為には備わっているのは分かっているけれども、でも自分もやっぱりここから抜け出したいとは思っている。

「あっ、キャノンデールのＣＡＡＤ13見ましたか？　エアロっぽい形状でディスクブレーキで結構いい感じでしたよ」

横田はさっきまでの話なんてなかったように自転車の話題に変えた。こいつは滅茶苦茶性能のいい変速機みたいに切り替えができるのだ。

「知ってるよ、でもケーブルとかフレーム内蔵式だろ？　メンテだるそうだな」

一応答えてはやるが、サクマは「おれは」と思わざるを得ない。横田みたいに滑らかに頭を切り替えられない。錆びついていた。

サクマはテーブルから携帯を取って、アプリを立ち上げるなり画面を横向きにした。自分はすぐに切り替えられない。だからせめて考えないように別のことをするしかなかった。百人のプレイヤーがフィールド上に散らばる武器やアイテムを集めながら最後の一人になるまで戦うバトルロワイアルゲームだった。パラシュートで地面に降り立ち、家に入るなりすぐに殺された。

肩口から覗き込んでいた横田は「めちゃくちゃへたくそじゃないですか」となぜか嬉しそうだった。

その後は二人でこのゲームを四戦ほどやって、また実りのない会話をし、なんとなく解散した。

「じゃあまた明日」

店の前で、すっかり準備を整えてバイクにまたがった状態で横田が言う。

「だからおれ休みだって」

「あそっか」

横田は照れたように笑い、サクマは片手を上げてバイクを進めた。

軽くブレーキレバーを握って感覚を確かめる。右ペダルと右足のクリートを接続し、左で以て地面を蹴ってゆっくり進む。

交差点は光で溢れていた。通りではテールライトやヘッドライトが行き来し、ビルから漏れる明かりとネオン。スーツ姿の背の高い女が、信号待ちをしているサクマの前を横ぎってタクシーに乗り込んだ。

それを目で追いながら、ちゃんとするっていうのはああいう風にアプリでゲームをするのではなくてタクシーを呼んだりスーツ着て仕事することなのかな、と考えてみる。そういう経験もないではないが、よくよく思い起こしてみると、それは営業の先輩と飲みに行ってその帰りとかだった。あの女もひょっとするとその手合いかもしれず、立体裁断のマスクをしていたから分からなかったものの、実はひどく酔っているのかもしれない。

ちゃんとするってなんなんだ。

女を乗せたタクシーが発進し、信号が変わったことを知る。

夜でも新宿通りの車通りは多かった。緊急事態宣言が出たとき、嘘のように街は静まり返った。一度だけ営業所に行ったが、オーダーがないからすぐに帰った。で、今はそんな宣言があったことなど微塵も感じさせない。コロナが話題に上らない日はないが、自分とは遠い世界の話に聞こえた。

自転車専用のラインが引かれ、しっかりとこれをデフォルメした図柄が等間隔に描かれているが、タクシーや軽トラックが路肩にハザードをつけて停まっている。後方を確認すると、ヘッドライトが煌々ときらめいている。ただ距離はまだありそうだった。街と車の灯りが雨で湿ったアスファルトに反射している。路駐のタクシーを右側から追い抜く。

しばらく進むと新宿駅が現れた。とにかく雑多だ。バスタから駅へ、駅からバスタへとキャリーケースを転がす人がいる。カップル、勤め人、警官、浮浪者、学生。車と並走しながら西へとひた走る。駅前を過ぎれば下り坂だ。新宿パークタワーが遠くに見えた。航空障害灯がパークタワーの上のほうで明滅している。赤く光ると、雨雲だか靄だかに灯りが溶けて輪郭がぼやける。

別段早く帰る必要はない。ただ、のんびりと身体に負荷をかけずにいるとあっという間に自分が自分に食われてしまう。それがいやだった。

ずっと遠くに行きたかった。今も行きたいと思っている。今いる場所は、自分が離れたかったところからとんでもなく遠いようにも、一歩も動いていないようにも見えた。

サクマは一定のペースを保ったまま中央道の下をひた走った。

この辺りは、直線の見通しは比較的よかったが沿道の街路樹とか防音壁とかが邪魔で、マンションとか一通からひょっこり顔を出す車が多いから気は抜けない。高速から降りてきた車がそのままの速度で下道に入ってくることもあった。そして大体そういうことをするやつは周りをみていない。

サクマの家は中央道から少し北に行った三鷹の端っこにある。近くに駅はなく、少し歩いたところに小田急バスの停留所があるくらいで、とにかく交通の便が悪い。だからこそ家賃が安かった。周りは生産緑地が点在していて、古くからある戸建てが多く、高層マンションみたいなものは全然ない。

今はほとんど目にしない、「離れ」というやつがサクマと同居人たる円佳《まどか》の家だった。生産緑地を切り売りして生計を立てている大家の広い庭にこの「離れ」があった。大家との共用ではあるが一応駐車場もあって、屋根もついていたがもちろん車は持っていないので、大家のスバル・レガシィの隣のスペースはもっぱらサクマが持っている二台の自転車を保管・整備するための場所だった。

中央道を背にするように右折する。曲がる直前、左の方から三鷹駅行の小田急バスが直進してきたので、サクマはその後ろについていくことにした。客はほとんど乗っていなかった。街灯も心なしか輝度を落としたように感ぜられる。

サクマは中央分離帯の方へ緩やかに移動し、顔だけをバスの横から出して前方を見やる。対向車がきていなかったのを認めるとそのまま流れるように横断をして狭い道へ入っていった。戸建てと空き家と緑地が混在するところだ。たまに野菜の自動販売機がLEDのもとに照らされている。中身はすでになにもなく、手書きの値札と商品名だけが掲示されている様は悲しさを誘う。

そういう狭い道に口を開ける形で、サクマの家の駐車場が待ち構えている。黒いレガシィの鼻先が、駐車場の屋根からわずかに飛び出していた。さーっと流れるようにしてその横に自転車を入れる。もう一台にはカバーをかけている。メンテナンススタンドに後輪をはめ込んで停めた。足元にはオイルで汚れたウェスがいくつか散らばっていて、一番汚れの少ないものを手に取って軽くバイクの雨滴を拭き、これまた足元に転がる太いチェーンキーをかけ、カバーを被せる。

　この駐車場は、道路側以外の三面には壁——というにはあまりにもお粗末な素材だった——があり、そのうち二つにはこれまた簡素ではあったがドアが据え付けられていた。一方は大家の家へ、もう一方はサクマの家へと通じる道へのドアだ。

　妙な作りで、駐車場と大家宅、そしてサクマの住む離れの間隔はちぐはぐで、すべてが思い付きで建てられたような感じだった。裏手のドアを抜けると、ぽつぽつと間抜けな印象を与える三十センチ四方のいびつな石が地面にはめ込まれていて、それが離れまで続いている。右手にはサクマの腰ほどの高さしかない、いかにもコーナンとかホームピックとかで買って来たであろう卒塔婆みたいな柵があって、大家と離れとの境界をなしている。これも手作業でやったのか、波打っている。雨風のせいで頭の部分の色が剝げていた。

　駐車場を背に、右手が大家、左手が緑地、正面が離れという具合だ。

　離れは、二階建でそこそこの広さがある。というか二階建であることと広さくらいしかいいところがない。この妙な立地のうえに、建物はあまりにも古かった。隙間風がひどく、特に冬場の風呂が寒かった。これすら大家の手作りではないかと疑いたくなるくらいだ。そういうことで、とにかく家賃は破格だった。

大家は生産緑地を持っている独り身の老人で、見てくれは厳ついが接しやすい。

若者向けのシェアハウスは需要がある、ということで半ば不動産屋に騙される形で離れの改修に取り掛かったそうだ。元々は大家の母親が住んでいたとかで、これを施設に入れてからの十年あまり、ほとんど放置されていた。

二人で住むには十分な広さだが、シェアハウスとしてそれ以上の人数が住まうことを考えると手狭だ。大家もなんとなくそのことには気がついてはいたが、セールストークを聞くうちにその気にさせられてしまった。言うまでもなく改修の途中で資金が底をつき、なんとも中途半端なシェアハウスもどきが出来上がった。だからこの離れは明らかに改築の途上にあった。入居以後、手が加えられるという話は聞いていない。どこからともなくよく虫も入ってくる。

ちぐはぐな見てくれとこの立地から無論借り手はつかず、段階的に家賃が下げられた。そういうときにサクマたちはここを見つけた。

接しやすい、というのは大家が先のことをあけすけに話してくれたからだった。

「なるたけ自己資金でやってヨォ、完成しなかったらそン時になって『リースバックもありますよ』とかなんとか言って、要はここを不動産屋に売っ払っておれがリース料を払うように誘導なんてしやがって、年寄だと思ってナメてんだな、あっちは。これじゃあ詐欺と変わらねえよ」、と入居してしばらくして、駐車場で自転車をバラしてるときにぼやいていたのが何よりも彼に対する好意に一役買っていた。

家の中は、そんなけなげな大家のおかげで外見ほどひどくはない。壁紙も浴室もキッチンもそこそこ新しい。構造上の問題——狭い玄関とかあまりにも急な階段とか——があるだけだ。

「遅くなるだけじゃわかんないから、ちゃんと時間を連絡してよ」

玄関でウェアを脱いでいるところで、リビングから声が聞こえた。玄関から伸びる廊下の先には階段が、その左右にリビングと浴室がある。壁が薄いからよく声が響くのだ。

円佳のコンバースが、一足だけ横倒しになっていた。帰るなりのお小言とそのコンバースのせいで、サクマのうちに沸々といら立ちが起こる。

職と仕事を転々としだした頃、一時期別のシェアハウスに住んでいた。ひどい散らかり方で、掃除機などきっと半年以上、あるいは入居してから一度もかけていないと思われた。

世間でもてはやされるようなきらびやかな生活は、少なくともそこにはなかった。初めのうち、居住者は各々なにがしかの目的——たとえそれがほとんど実現不可能と思われることだったとしても——を持ってやってきた。ただそれもしばらくすると、誰かの無気力がそれこそ感染症のように伝播していき、一人また一人と怠惰に身を落としていく。女とかお金の問題は、むしろ怠惰によって招来されたように思う。

無職の連鎖が起こり、サクマもうっかり流され、夕方まで寝て、夜更けまでダラダラと過ごすという生活をした。それから一人の女と二人の男の問題とか家賃の滞納とか共同スペースの家事分担とかでもめだし、無職ではなく退去の連鎖が起きて誰もいなくなった。

部屋が汚くてまともな生活を送っている人間をこれまで見たことがなかった。わずかな期間、不動産業で働いていた時もそうだった。長期滞納者や退去時に問題を起こす者の部屋は総じて汚かった。部屋をきれいに保つことでまともな生活に昇格できるかどうかは分からないが、とにかくサクマはあの空間にいては自分がもっと駄目になることだけは分かった。単純に何か、名状しがたい恐怖が駄目になるという理解に先んじてサクマを突き動かした。

別の街で一人で住むようになってからも今の家でも、その点にだけは気を付けるようにしていた。時たま自分宛の封書とか請求書とか、必要なものまで一緒くたにしてゴミに出して頭を抱えることもあったが、家を整理しておくことは最優先だった。だから円佳の少々がさつなところが前々から癪に障るようになっていたのだった。

円佳はサクマの心情など露知らず、リビングでテレビを見ていた。小さいソファと背の低いテーブル、ローボードとそこそこ大きめの液晶テレビ。

メシとか家のことに関してはそれとなくルールがあったが、お互い守ることもあれば守らないこともあって、そのことに不満を言うことも言わないこともあった。今日はたまたま言う日だったのだろう。頭では分かっていても、ついくさくさした気持ちになった。サクマはわざと濡れたバッグを円佳の方に投げやり、それから二階へ上がって着替えを持ってそのまま風呂場へ行った。湯は冷めていたからシャワーで済ませた。リビングに戻るともう円佳の姿はなく、そのことにもなぜだか腹が立った。

サクマは、先ほど円佳が座っていたところに腰を下ろした。バッグはそのままだった。

テレビをつけて、何を見るわけでもなく一通りチャンネルを回す。トランプ大統領がコロナにかかったこととか、台風の進路が少し南に逸れたこと、コロナの感染者数の推移について報じられていた。いつもの内容だ。

ソファの座面と腰のあたりがまだほんのりと温かくて妙な気分になった。円佳に苛ついていたが、同時に円佳の体温がサクマに生ぬるい感情を惹起させた。

サクマは変にそわそわしながらコーラを飲んだりNetflixのホーム画面に飛んだりしたが、何かを集中して鑑賞するでもなし、ただ落ち着きをなくしていた。時間だけが無為に過ぎて、結局円佳のいる二階へ上がる。

案の定円佳はまだ寝ていなくて、ベッドの上でうつ伏せになって携帯を眺めていた。サクマは何も言わずにその上に馬乗りになった。乳を揉みしだき、いきり立つ一物を円佳に押し付けた。円佳は「めんどくさい」とか「明日も仕事なんだけど」とか「っつーかいい加減ゴム買って来いよ」とか文句を言っていたが、結局なし崩し的にサクマに付き合わされる羽目になった。

淡泊なもので、サクマは出すものを出すだけ出したら少しベッドの上でダラダラと過ごし、思い出したようにまた下に降りて行った。

「自分勝手だなー」、と背中で円佳の声を聞いた。サクマは「明日も仕事がんばれよ」、と茶化すように返した。

幼稚な接し方だ。お互い言い分はあっても核心には触れない。わだかまりの大きさに比例して会話をしない時間が延びる。帰宅の時間が遅い程度ならば、三十分前後の沈黙があって、いつも自分から誘う。セックスにまで至ればその問題が流れたという暗黙の了解と受け取る。駄目ならもう少し時間を置く。あいつはそれでいいと思ってるんだろうか。疑問を抱くが、当人に訊かない限り答えは分からない。でも、とサクマは思う。たぶんおれは訊かないんだろう。

ここのところ映画も海外ドラマも中盤あたりまでは見るが、どうも途中で集中力が切れてなかなか最後まで見通すことができないでいた。降りてきたはいいが、結局特段「やりたい」という意思があるわけでもなく、半ば義務に近い心情でＰＳ４を起動してDays Goneをやり始めた。

とかく飽きっぽい性格のサクマだったから、ゲームも映画もドラマも漫画も、繰り返し堪能するということはほとんどなくて、ストーリーを一通り撫ぜるとそれっきりで、あとはたまに思い出した時にかいつまんで消費するようなスタイルだった。今も、いかにも面白くなさそうにゾンビを一ヵ所に集めてC4で吹き飛ばすというくだらないことをやっていた。いつだかにYouTubeでそういうプレイ動画を見たのを思い出したから、なんとなくやってみようと思ったのだがなかなかうまくいかなかった。

円佳も降りてきて、しかしサクマのところではなく台所に向かった。

「ココアのむ?」

テレビから視線を移し、「頼むわ」と答える。すぐにレンジのうなるような音が聞こえた。

マグカップを手に、円佳が隣に腰を下ろす。しばらくココアをすすりながらサクマのゲームを見ていた。

「それやってて楽しい?」

「いや、つまんねえな」、と即答。

円佳は笑い、「じゃやめなよ」と言った。

サクマも心底そう思う。ある程度の人数をかき集めることはできても、途中で見つかって殺されて、爆弾の位置も良くないのか、一網打尽にすることがなかなかできず、かといって達成できないことに対して思うことは何一つなかった。

「あ、死んだ」

Continueを選択してまた始めたが、三分くらいしたところでやめた。

ぬるくなったココアを飲みながら、サクマは前かがみに、円佳は両膝を抱えるようにしてテレビを見るともなく見ていた。

「周りでコロナにかかったやついる？」

円佳は「んー」、と少し考えてから「いないね」と答えた。

「トランプ大統領かかったらしいよ」

「え、どうでもいい」

ニュースはスポーツに切り替わって、日本ハムと楽天の対戦のシーンを映し出した。

＊

一日が終わった。部屋にはサクマを含めて六人の男がいる。部屋自体にはそれなりの広さがあるが、大の男が六人ともなると手狭だ。夕食と清掃を終えて布団を敷く。布団は二列に分かれて壁側に枕を置く。足裏を向かい合わせにする形だ。左右の列の間に、申し訳程度になんとか歩けるくらいの隙間を空けてある。部屋の一番奥には木製の棚が口を開いて通路側を向いていた。四十センチ四方の箱が縦二列、横四列の計八つという具合だ。右手の上下二つは空いたままになっている。棚の中には着替えや洗面道具、小物が整頓されて置かれている。上衣左胸には名札が縫いつけてあった。油性ペンで名前が手書きされた真新しい長方形の白い布と、ぼろ布同然の薄緑色の作業着とのコントラストは言いようのないわびしさを醸す。そんな棚の左手――つまりは部屋の角――には洗面台があり、もう一方の角にはテレビ台と小さな液晶テレビが設置されている。

サクマは後頭部で手を組んで布団に身体を横たえる。頭上には壁に取り付けられた本棚が見える。残りの三年をサクマはこの部屋で過ごさねばならない。外に出ることはできない。仕事も自分で選ぶことはできない。起きる時間も寝る時間も食べるものもすべてが決められている。気分の浮き沈みが激しい。でもそれを発露することはできない。癇癪を起こしたり不貞腐れたり悪態をつこうものなら刑務官がすっ飛んできて懲罰を受ける羽目になるからだ。ただ一ヵ月を過ごし半年を過ごし、一年を過ごしてみて分かったことがあって、大体この気分というやつはほとんど生理と連動しているということだ。平日に木工作業に従事して頭と身体を使い倒してそれなりに疲れていると憤懣だの自己嫌悪だのはあまり顔を出してこない。自分に余力があるとき、考えても詮無い事柄へと思考が向けられてしまう。するとたちまち皮膚と筋肉の間に薄い膜が張られたみたいに身体がこわばって苛立ちが募る。今がどうかといえば、その間くらいだった。深く考えることまではできなかった。苛立ちと悔恨の一歩手前で自分に力が残されていないことを知る。

足先に熱気がある。刑務所のルールとは別に、同房とのやりとりで、あるいは自分が来るよりも前にいた被収容者たちの取り決めがそのまま残っているのかは定かではないが、いくつかのルールがあった。寝床の場所やチャンネル権は輪番にするということ、就寝時以外は靴下を履くこと、人の寝床を踏みつけにしないということ、用便は刑務官だけでなく同房にも周知すること――マスターベーションもこれに含まれているが、これはわざわざ刑務官に言うことではない――二人以上の者が一つしかないものを求めた場合は公平にじゃんけんで決めること、などだ。

で、サクマは頭だけを起こして自分の足先を見つめる。首だけで頭を支える形になっていたので下唇がわずかに突き出た。足の甲の間に同房の向井が見える。刑務所には不釣り合いな人の良さそうな顔がこちらを向いていた。胡坐をかいているその姿は、向井のずんぐりとした体形と相まって奈良の大仏にそっくりだった。

「サクマ君、やっぱりぼくにはそういうふうには考えられなかったなあ」

本物の刑務所だ。同房と和気あいあいと脱獄を企てることも冤罪で捕まったやつの無実を塀の中から証明することもない。みんなしっかりと罪を犯して罰を受けて、外と同じくそりが合わないやつと波風を立てないように誰しもが静かにしている。全く会話がないわけではないが、べらべらと趣味や生い立ちを話すことはしない。それに会話ができる時間なんていうのも、免業日でもない限りそんなにない。だから一週間前の会話がさっきみたいに突然再開したりする。初めの頃、サクマは全然意味が分からなかった。十分ほど考えあぐねた末に、ようやくその会話が一昨日なされたものの続きだということに思い当たった。今はもう慣れている。向井は先週までサクマの左隣が寝床だった。毎週金曜日の夜に寝床の場所を変える。サクマは通路側で、向井は対面の通路側に移った。隣同士のときに向井と会話——といっても向井が一方的にだらだらと話し、サクマは短い返事か相槌を打つだけだったが——をしていたのだ。どうしてこうなったのか、ここを出たらどうするのか、という会話をしていた。この手の会話は向井とも他の同房とも長短は別にして、何度も何度もしてきた。目新しさはない。他に話題がないのだ。サクマはここに来る前も、そして多分出た後もこういう繰り返しがずっと待ってると思う、というような返事をした記憶があった。それから消灯時間になって会話は途切れた。

「あんたがどう思おうが知らないよ。おれがそう思ってるだけだから」

寝たまま返事をする。

「うまく言えないんだけどね、ぼくも確かにおんなじ毎日だった気がするんだよ。今もね。でもやっぱり前のときも今も、これからもちょっとずつ違ってる気がするんだよなあ」

向井はサクマにというよりも自分に言うみたいにぼそぼそと話す。首筋が痛くなってきたから返事はしないで、頭を落としてまた天井を眺めた。ずっと同じだよ。腹の中で返事をしてやった。ペダルを回して家に帰って寝る、朝起きてまたペダルを回して、それから何かのきっかけで暴発して破綻して、違う螺旋に回収される。遠くに行きたかった。遠くというのはずっと距離のことだと思っていた。両親も弟も繰り返しを繰り返していた。おれは多分それが嫌だった。遠くに行きたいというのは、要するに繰り返しから逃れることだった。自転車便をやっていた頃の後輩がいつだったかに言っていた「ゴール」も多分そこのことだった。

「ほんの少しだけ違うことをさ、認めるだけでおんなじような毎日が、だから変わっていくんじゃないかなあ。ぼくもさ、ずっと変わらない毎日を変わっちゃいけない毎日だと思い込もうとしてたから苦しかった気がするんだよなあ」

サクマはそれまで天井を見ていたが、寝返りを打って通路側に身体を向けて左腕を折り曲げて枕にした。向井の言っていることは意味が分からなかったから無視した。こいつは人がいいが、こいつが追い詰められて一線を越えたわけは、なんとなく分かった。ありていに言えばムカツクのだ。少なくともサクマはそうだった。こいつは人を苛つかせる。

「うるせえぞ」

部屋の奥からドスの利いた声が聞こえる。牧島という痩せているが背の高い四十がらみの男だった。分類上、犯罪傾向が進んでいない者が収容されるこの刑務所にあっては珍しい累犯だった。一回目と二回目で犯す罪が違えば、傾向が違うということにでもなるのだろうか、などと考えた。もちろん答えはでない。牧島はそういうことで刑務所生活には慣れていた。無駄にことを荒立てたりしないし、そういう芽があれば摘むか距離を置く。「申し訳ない」とちょっとおどけた感じに返す向井の声を背中で聞く。会話のなくなった房に、「昨年の中間選挙で勢いづく共和党は、政権奪還を――」と解説する男性キャスターの声だけが虚しく響く。一応誰かがテレビを見ている間は会話は極力しない、する場合も声を落とすというルールになっているのだった。布団も部屋も黴臭かった。

明日は免業日だ。だがどこに行くわけでもなく、日がな一日情報番組を見たりメシを食ったり何周もした週刊少年ジャンプを読み直したりするだろうことは容易に想像がついた。レクがあるから日曜は映画が見られる。そういえばここに来てから映画を一本、場面を飛ばしたり途中で切り上げたりせずに見通せるようになった。席を立てない、他にすることがないということもあったが、始まりから終わりまでを集中して見るという行為は堪能するということで消費することではないのだと体感した。自弁で買ったお菓子をパクつくのもそうだ。たけのこの里をただ漫然と食らうのと一粒一粒の舌触りやチョコのコーティングの溶け具合や甘さを感じるのとでは同じものを食べるのでも意味が違った。変わった、というのはあるいはこういうことなのかもしれない、と思ってみたりもする。

一週間、二週間と色の無い日々を重ねる。顔を合わせる面々はいつもと同じだ。木工工場で淡々と作業を行い、輪番で回ってくる風呂で身体を清める。罰を受けているという意識はあまりなかった。むしろ全てが決められているというのは楽でさえあった。ゴールが見えているのもこの楽と何か通じ合うものがあるようにも思えた。あまり周りを気にしないサクマではあったが、向井が度々面接に呼ばれるようになったのには気が付いている。回数を重ねていくうちにおしゃべりが目に見えて減った。敏感なやつはもっと早くに気がついていたかもしれない。

安定している日々というのは長く続かず、これに起因してサクマは同房とのちょっとしたいざこざで懲罰を受ける羽目になった。

サクマは薄緑色の作業着を着て畳の上で胡坐をかいていた。両手は股間のあたりでなんとなく手のひらを上にして置いている。目の前には冷たく固く分厚い鉄扉が立ちはだかる。郵便受けほどの矩形の窓が中央よりやや上のあたりに付けられており、その内側にワイヤーが網目状に張り巡らされているのが見て取れる。

部屋の広さはきっかり四畳だ。背後には鉄格子の付いた小さな窓がある。テレビも時計も本もパソコンも自転車も気を紛らわすための物は何一つない、内側からは開かない部屋だ。その角にむき出しの便器があり、腰の高さほどしかない木の衝立が一応トイレとの境目ということになっていた。独居房だ。

背筋を伸ばし、ただ目の前のドアばかりを見つめる。今が何月何日なのか、ここに入って何日経ったのかはもう忘れた。ただ背中のあたりで、ほんのりと差し込む西日によって、ちくちくとした痛痒からなんとなく日暮れが近くなっていることだけを知る。

な、変わらなかっただろ。いもしない向井に心中で返事をしてみる。

一方で、変わることのない自分を認めたくはない、ともサクマは思っていた。向井がいつだかに違うことを認めると何かが変わるというようなことを言っていたが、自分の場合は目を皿にして見回したところで変わったところなど何一つ見つけられなかった。自分の中も外も。だから変わりようがないのだ。

自分がどうすることもできないことに対して呪詛の念を送るのは性分じゃない。すがったりすねたりするのはあまりにも情けない。何とかできる。懲罰を受ける身だが、いまさらタワーマンションに住めるようになるとは無論思わないが、でも何とかできる、ここを出たあとも何か別の見通しを立てることができる、そういうふうには思っていたい。

決意というより、半ば祈りに近かった。

自分と会話を続けるのは存外消耗する。でも消耗をしないと、何もない空間では耐えられない。かつて自分が街中を自転車で駆っていたのと同じだ。考え続けるほどに、本来の自分が滅茶苦茶に粘土みたいにこねくり回されて変形している気がする。あいにく、しばらくは自分と向き合い続け祈り続けこねくり続けなければならない。

社会から罰を受けて牢屋に入り、その牢屋からもまた罰を受けた。サクマは情けなくなるのを通り越して少しおかしかった。罰が終わるまで会話はできない。少なくともここ十数日、サクマは誰とも一言も話していない。用便のときにだけ、ドア横にある報知器で以て刑務官を呼び、「用便お願いします」と言うだけだ。だからこの十数日、サクマの声帯は「用便お願いします」を言うためだけについている器官になっていた。

おかしくなりかけているんだろう、とひしひしと感ずる。ある時を境に自分を自分と分離して、妙に客観的に、俯瞰的にみられるようになった。さっき感じた「おかしさ」も、自分というよりも、「サクマ」を見ている自分がそういう風に捉えたと感ぜられる。そうじゃないことは分かっていた。ずっと座っていることから引き起こされる臀部の痛みも尾骶骨の痛みも背中の痛痒もけだるさも空腹も退屈も、全部自分のものだ。どこにも追いやることもできない。こういう即物的な痛みよりも、連綿と紡ぎだされた日々の先に今があり、そこに自分がいるというのが何よりも苦しかった。ただこの苦痛はここに放り込まれる前からずっと抱えていたことでもあった。そういうときはゲームやくだらないおしゃべりでごまかして考えないようにしてきた。

でもこの四畳の空間はそれを許さない。

自分を自分と思わないことで、このあまりにも歩みの遅い時間をやり過ごすしかなかった。

家でゲームをして一日をつぶしたり、ああでもないこうでもないと解決しなければならない問題を先延ばしにしてその時の生活に安住していたこともあった。かといってその今いるところに全力を傾注しているのかといえばそうでもなくて、身体を鍛えて走力をより高くしようとか道を頭に叩き込もうとかはしなかった。そこに弁解の余地はない。

それでも精いっぱいちゃんとやった。

遠くへ行きたかった。なんとかしたかった。その方法が分からなくてずっと走り回った。

ただ今になって思うことは、こういうことは枝葉でしかなかった、ということだ。結局のところ、そういうちゃんとしていないことの積み重ねなんかよりも、たった一度の暴発の方がよっぽど破壊力があって自分はずっとこのハードルを下げ続けてきた。

「お前、身元引受人いねえんだろ」

思い出すな、とか考えるなとかの自分に向けられた自分の指示はあっけなく反故にされる。残念ながら、朝から晩まで文字通り座ってドアを見るだけの一日は、考える時間と思い出すための時間に充てられる。

同房の一人である伊地知が先の「身元引受人」について訊いてきた。

洗面台は六人いても一つだ。歯磨きをしているときだった。伊地知はサクマの後ろに立って、肩に頭でも乗っけてくるんじゃないかというくらいに近づき、鏡越しにサクマを見ていた。

サクマは、返事はしないで鏡に映る自分と向き合って歯磨きを続けた。受刑者たちは全員頭を丸めて、日々分量の少ないメシを食わされているので徐々に体つきとかが似てくる。筋トレはご法度で、刑務官に見つかれば注意を受ける。何度も注意をされてそれでもやめなければ懲罰だ。

今しがたサクマに話を振ってきた伊地知もそうで、一年を過ぎたくらいから、どうも自分と見た目が似通ってきているように思えた。あるいは、自分がそちらに引っ張られているのかもしれない。

この相似性は、一方で各々の性質をより一層に際立たせるように思えた。伊地知なんかはとにかく短気で狂暴なやつだった。今や同房の全員がそれを心得ているから無駄な口論やケンカはしなくなった。本人も放っておかれれば、それはそれでおとなしくしていた。ただ目ばかりが妙に鋭く光っているように見えた。これがまさしく伊地知の性質だと思う。

「向井がよ、準備面接終わっていよいよらしいぜ」

それでもどうしたって伊地知の注意を向けないようにすることが難しいこともある。仮釈放とかレクリエーションとかがそれだ。伊地知が話しているのはそのことだった。

うるせえな。だからなんだよ。おれには関係ねえだろ。内心毒づく。

「ロクピンだぜ。おれたちと同じことやってよ。気に入らねえよな」

サクマは伊地知に一瞥をくれることも返事をすることもついにしなかった。鏡の向こうにある目はやはり変に光っているみたいに見えた。

サクマは、口をゆすいで歯磨きを終えた。半ば肩をぶつけ合うようにして伊地知とすれ違う。ケンカを売られれば買うつもりだった。同房四人は二人のやりとりを、遠目に見るともなく見ていた。もめごとは、全員に影響が出る。面倒が降りかからぬようどこか無意識のうちにみながそっと距離を置く。サクマは首筋のあたりに強い視線が注がれているのを感じたが、伊地知は舌打ちをしただけだった。サクマのいなくなったスペースに一歩進み、歯磨きをはじめた。サクマは一番通路側にある、自分の寝床に身体を横たえた。両の手の平を組み、後頭部を乗っけて天井を見遣る。バラエティ番組の音が流れている。

同じこと。同じことってなんだ。おれはずっとちゃんとしようとしていたし、今もしている。クリーム色の天井にはところどころにしみがついていた。ここに入る前のことがぐるぐると頭を駆け巡る。過去を思い出すとき、サクマは記憶のなんとあいまいなことかと毎度舌を巻いてしまう。

「生理こないんだけど」

円佳が出し抜けに、確か日曜日のことだったと思う、そんなことを言った。三鷹駅南口をしばらく下ったところにあるドトールでのことだ。

「はあ？」

サクマはその言葉が意味することを全然理解できず、バカみたいな声を上げることしかできなかった。

「いや、だからガキできたかもしんないってこと」

小さい四角いテーブルの向こう側で、円佳はどっかと背もたれに身体を押し付けて携帯端末を見ながらこともなげに言う。

円佳は子供みたいに小さい。たぶん百五十センチもない。髪は細くて長い。明るい茶色に染めた髪は、頭頂部から黒が戻り始めていた。目つきが鋭く、ダミ声で、笹かまぼこみたいな輪郭を持っている。それから左の鎖骨に親指大のデカいほくろがある女だ。

二人とも黙ったまま、会話は止まった。サクマはもっとちゃんとしなきゃいけないな、と思った。

看守が十分置きに右へ左へと巡回をしている。ときたま思い出したように閉居罰になっているサクマを流し見していた。

過ぎ去った日々に思いを馳せるも、その数の乏しさにうっかり絶望してしまいそうになる。この四畳で自分の注意を他のものにそらすのは至難だ。生まれてからここに来るまで相当の年月を経た気がするのに、振り返ってみると思い出せるものは驚くほどに少ない。必死に思い出そうとしても、指の間からするすると落ちていく。補強したそれは果たして記憶なのか想像なのか。

「もっとちゃんとしなきゃいけないな」

円佳に、というよりも自分に言い聞かせるように言葉を紡ぐ。

「どゆこと?」

「いや、だからよくわかんないけどちゃんと健康診断とかがあって、ちゃんと保険とかがあるっていうか、とにかくもっとちゃんとしたところに行かなくちゃいけねえなってことよ」

「なにそれ」、と円佳は笑った。

サクマは笑わなかった。結構真面目にそういう風に、半ば本気で思っていたからだ。サクマにとっては保険とか扶養とか、見るだけで言葉の意味と音とが空中分解するような単語を使いこなせることが大人になったりちゃんとしたりすることなんだ、と考えていた。二十年先三十年先を常に見通せるようになることが多分ちゃんとするということだ。ある程度稼ぐことは難しくない。でも何かあった時、あるいは少しでも道から外れたときにもとに戻るのはとんでもなく難しい。かつて事故にあった同僚がその後どうなったかは知らないが、仮にあれが自分だったとしたら、と思うと息が詰まる。自分ならきっと這い上がれないだろう。今いるところにすら戻ってこられない。そう思った。日々サクマの底流としてあった恐怖や焦りもここからきている。いつ炸裂するか分からない爆弾を抱えているような、地雷原を歩いているような感じだ。日々のケイデンスを上げに上げることでそこから遠ざかることができるなどと、そんなわけないことは十二分に承知しているはずなのに、他に戦い方を知らなかった。知らずに日々を過ごして、焦りが募り、そこから逃げるためにまた走った日々だった。また目をそらすかもしれない。それでも不甲斐ない自分と向き合う時がきたのかもしれなかった。

重苦しい話題ではあったが、でも多分おれも円佳も、結構淡々と物事を決めていったように思う。円佳は病院を探したり今後かかるお金のことかそういうものを調べるのと並行して仕事も探し始めた。

円佳は高校を卒業してすぐに寮制の金属加工工場に勤務していたが、本人曰く「なんとなく」辞めた。それからはサクマと同じくずっと職を転々としていたが、それなりに長く続けることもできた。

こういうタフさが自分にはなかった。円佳は居酒屋のホールスタッフとピザのデリバリーを掛け持ちしていたが、時勢もあって前者はシフトをめっきり減らされた。

「やっぱ使える資格ないとだめかー」、と見つけてきたのは保育士で、これも高卒ではすぐには受けられないので、保育補助として実務経験を積んで受けることに決めた。期間が空いても経験年数が加算されるというのが決め手だった。別に子供は好きでも嫌いでもないらしい。三鷹駅近くの園に履歴書を出すとすぐに採用され、採用が決まるなり前の仕事はすぱっと辞めた。

言葉ではなく態度で以て「時間はかかっても資格を取るよ」と高らかに宣言したのだ。

自分だったら数年の実務経験を積まなければ資格を取れない仕事など、いの一番に選択肢から外してしまう。

いつも通りと言ってしまえばそれまでだが、サクマはやはりあの話題が出てから日の浅い段階で自分と向き合うのをやめた。ＳＮＳの徘徊と興味本位程度で求人情報を流し読みするのを仕事探しと嘯《うそぶ》いた。だからサクマはなおそういう事実があるという実感が一切なかった。円佳は別段つわりもなく腹も特段出っ張ってるというわけでもなく、むしろ以前にもまして単調な日々になったとすら思えた。

白米と氷しか出さない親がいる、好き嫌いが激しすぎる子供がいる、絶対に保育士に挨拶をしない親がいる、という職場でのあれこれを、サクマが帰ってきてから円佳はずっと話していた。サクマはその都度「氷はやめたほうがいいんじゃないかって親に言えよ」とか「こっちからでっかい声で挨拶すればいいんじゃねえか」とか応じていたが、円佳は別に意見をもらうために会話をしているのではなく、「うん、それからさー」と流しては次の話題に移る。

火が付いたように焦りと現実味が身体を駆け抜けるのはただの気まぐれだと知っている。それと知るのは多少時間が空いてからで、一瞬一瞬では「この感覚はいつもと違う」、と思う。気まぐれと気が付いてからその時のことを思い出すのはバツが悪い。サクマがハローワークに通いだしたのは、まさしくその虫が騒いだからだった。

コロナの影響がボディブローのようにじわじわと効いてきている頃で、長蛇の列ができていた。足を運んだことは何度かあったが、溢れる人を見るなり翻意して帰路につくことがままあった。

その日、意を決して、めまいに襲われそうな書類を書き上げ、列に加わってようやく職員との面談にまでこぎつけた。アクリル板越しにこちらの条件をひとしきり述べると、「ご希望の給与条件だとちょっと……」、と中年の女性職員はいかにも申し訳なさそうに額のあたりを二本の指でこするとも撫ぜるともいえないしぐさをして見せた。

自分にとってはかなり高いハードルだったと思う。その試練を潜り抜けた先に出されたのが劣悪な労働環境のみを提供する何次請けかも分からない現場仕事だったときはさすがに腹が立った。かといって事務仕事をこなせるわけでもなく、サクマは不貞腐れながら初陣を終えた。

　足しげくというにはあまりにも少ない回数を通い、こういうところにある求人も、結局はネットの求人と大して変わらない、というのに気が付いた。

　要するに今のメッセンジャーと同じ給金をもらえて福利厚生とかがしっかりしている会社など存在しないのだ。あちらを立てればこちらが立たず、そのいずれをも立てるには、自分は年を食いすぎていたし、その癖なにも身についていなかった。

　実入りのよいメッセンジャーを今辞めるわけにもいかず、ふと「そういえばここってフヨー手当とかって出るんすか？」と思い出したように滝本に訊いた。終業後、いつものように騒がしい待機室でのことだった。近藤はすでに新天地に行き、ここにはいない。高橋はゆっくりとフェードアウトしていたので、だからいつものメンバーは滝本と横田とサクマの三人になっていた。

「あー、まあないこたぁないけど、ウチもそうだけど嫁さんにも稼いでもらわないと首まわんねえからなぁ」

滝本は自嘲気味に笑って、「大体専業でなんとかなってるやつはうちにはいねえんじゃねえか」とさらに付け加えた。

サクマには、自分と滝本の間には埋めがたい情報量の差があるように感ぜられた。感じた、というよりはその差を知覚したといった方が適切かもしれない。大人が生きていくには社会保険料や医療費や固定費がどれだけかかって、その分を賄うにはこれだけの収入がなければならず、配偶者がいる場合はいくら必要で、しかし扶養手当と収入だけではそれに足りないので妻にも働いてもらわなければならない、という趣旨のことを滝本は「専業でなんとかなってるやつはいない」の一言で片づけたのだ。サクマは、細かなところこそ分からなかったが、とにかく「どうにもならない」という滝本が言わんとしていることだけは理解した。と同時に、頭の中では、円佳が産後いつくらいに職場復帰するかは分からないが、とりあえずはその間ここで正規で働いて、副業的に配達員をすればなんとかなるんじゃねえかな、といつもの皮算用をしていた。

「結婚でもすんのか」、という滝本からの質問と「正規の話ってまだ流れてないですか」、というサクマの発言が被った。

二人とも言いよどみ、一拍置いてからサクマが「まあ」、と答えた。

滝本の方はといえば、なぜか言いあぐねている様子で、「あー」、と間延びした声を出すばかりで二の句を継がない。察しの悪い横田でも妙な空気を認め、白状した。

「あ、実はぼく拾ってもらったんです」

「そうなんだ」、とサクマ。

別に気落ちはしていない。選択肢に残っているのであれば検討をしてみよう、と思っていただけだった。

「もしアレだったら、他の営業所で空きあるか訊いてみるか？」

滝本から提案されるも、「いや、そこまでしてもらわなくてもいいっす。どうだったかなーと思って」、と断った。

働くというのは、選んでいるように見えてその実選ばれる側なんだ、と思い知らされたようだった。ちゃんとできるなら今すぐにでもしたい。でも今すぐちゃんとしなくてもなんとかやっていける。やっていけなくなる日がいつか来ることだけは分かっているが、そのいつかが分からないから、無限にいつまでもこんな日々が続いていく気もする。

「来年の四月からです。ココ、給料はよくないけどやっぱりある程度落ち着いた方がいいかなって」

横田は自分にでも言い聞かせるような口ぶりだった。

「やりたいことを仕事にするのはいいかもしれないけど、やっぱり大変だからな。近藤のところもまだ軌道に乗ってねえって言ってたし」

サクマは苦虫をかみつぶしたような顔をしながら聞いている。滝本だけじゃない。誰しもがその場にいないものを話題にし、その誰かがいるときはまた別の誰かの話をする。そういうのが嫌いだった。

「スタートアップの五年生存率知ってるか?」

高橋がいなくなってから、滝本の方が変に横文字を使いだすようになった気がする。別にそれがどうこうというわけではなかったが、単にこういう男職場によくある女々しさは初めのころから反吐が出るほど嫌だった。

横田はバカだから目を輝かせて聞いてしまう。

「ショップみたいなのって、はじめからあちこち店舗持ってるわけじゃないし、駄目だったらじゃあ別の場所、とかできないから出店前にちゃんと地域のマーケティングしとかないと生き残れねえからな」

そうなんですねえ、と応じる横田は純朴だと思う。滝本は、あの時心底近藤の門出を祝っていたように見えた。次のところでもがんばれよ、と。でも幾日も経たぬうち、当人がいなくなったらこれだ。

サクマはこういう時、自分の行きたいところからもっとも遠い場所にいるのを感じる。尊大な態度を配送員に示す巨大資本のビルの警備員、コンビニ店員に怒鳴り散らす勤め人、食べ物を運ぶ自転車便をこき下ろすバイシクルメッセンジャー。得意先かららなじられた時の彼らの変わり身の早さには舌を巻く。罵詈雑言を吐き出していた口からはおべんちゃらが飛び出し、一転平身低頭する姿はとても同じ人物とは思えない。この悪感情を捨てろ、と自分の一部は常々命じる。四面の仏像みたいに変わる表情を手に入れろ、とも。でもこういう手合いに上手に加わったことは一度もない。これを誉れとするのか欠陥とするのか、未だによく分からない。ただ一つ言えることは、加わらないことで職場の人間関係が円滑になったことは一度もないということだ。この時もそうだった。わざとじゃない。

サクマはうっかり、「そういうのダセえからやめたほうがいいっすよ」、と吐き捨てるように言ってしまった。

滝本は一瞬何を言われたのか分からなかったみたいで、無表情にサクマの顔を眺めるだけだった。ようやく意味を理解したとき、一瞬左の頬骨のあたりがピクついて、それから困ったように小さく笑った。

言わなきゃよかった、と思ったのはもちろん滝本の方ではなくてサクマの方だ。耐えればいいものを、つまらない意地を張って自分の住まう環境を悪くしてしまう。横田こそいい面の皮で、エサに群がる鯉みたいに口をパクつかせて泡を食っている。

こういうことで、サクマは翌月からなぜかシフトを減らされた。滝本からは「新人に道を覚えさせたいから、悪いな」とだけ伝えられた。

いつもみたいに我慢すればいいだけじゃないか。いつもっていつだ、そもそも我慢できたことなんてあったのか。

こうして思い返してみると愕然とした。自衛隊時代は先輩と殴り合いをし、なんとか引き留めを図る小隊長や中隊長に悪態をついて飛び出し、次の不動産屋でも社長のバカ息子と口論をして、同じく心優しいちんちくりんの親父にして社長になだめられるもこれまた後足で砂をかけて出てきた。引っ越し業者もコンビニも工場も、これまで働いてきたところで耐えきったことなど一度としてなかったのだ。

円佳から聞かされる費用とか今後の予定とか世間の目とかより、こういう自分のどうしようもない、短絡的な言動から引き起こされる諸々の方がよっぽど苦しかった。これさえなければ、自分と円佳と、これから生まれてくる子供のことはきっとなんとかなるはずなのだ。

週四のシフトは三から二に、二から不定期に変わって、やむなくウーバーイーツに登録をし、家の近所を走るようになった。都心を走っていた時、「あいつらはメッセンジャーじゃねえ」と口々に営業所の人間が言っていた。サクマは確かに加担はしなかった。しかし一方でママチャリや外で雨ざらしになっていたであろう錆だらけのロードバイクを使っているバイシクルメッセンジャーはいない、そしてデリバリーにはいる、という比較を無意識にはしていた。こういう比較が優劣の評価に転じるのはすぐだ。

が、やってみればなんてことはない、メッセンジャーと変わらぬ業務であることを思い知った。荷物が契約書からカルボナーラに替わっただけだ。

優劣の基準は中身ではなくて見てくれに置かれていたのかもしれない。要するに広告のサンプルや人事資料を運ぶという行為ではなく、チネリやオルベアやバッソといった海外メーカーの数十万円のフレームを使って上位グレードのコンポーネントを装備した立派な自転車はママチャリよりも高く、それゆえに優れているという単なる金額とその表示形態による比較でしかなかったということだ。尊大な警備員も喚き散らす勤め人の心底にも、きっとこの単純な不等号が小難しい理論や証明といった形で鎮座しているに違いあるまい。これまで感じていた違和感を、このように言葉で組み立てられるようになったのは、閉居罰の効果といえないこともなかった。

だから、当時のサクマにとってこの発見は今ほどかっちりしたものではなく、ザラッとしたものにすぎなかった。いずれにせよ、自転車便はバイシクルメッセンジャーもフードデリバリーも変わらないということに気が付けた。

サクマはフードデリバリーを始めた。まだわずかばかりの貯金はあったし当面はなんとかなりそうだった。

薄っぺらい受刑服を着始めたばかりのころ、自分は終わった、と思った。心底そう思った。そしてこうなったきっかけの一日に何度呪詛の念を送ったか分からない。だけれどもそんな思いも、この受刑服並みに薄い一日を重ねていけば相当な厚みになり、そうなるとなんだかきっかけと思い込んでいた一日も、かつてや今と変わらぬものに変化していた。

その日、サクマはシフトを入れていなかった。フードデリバリーもメッセンジャーと同じく誰かの下について仕事をするわけではないので、端的に言えばただ怠惰に身を任せていた。ウーバーの登録はとっくにすませていて、着替えてアプリを起動してエリアを指定すればすぐに仕事なんかできた。にもかかわらず、サクマはPS４のコントローラーを握り、いつものようにゲームをしていた。

洗い物をしている円佳の腹はすでに相当に膨れていた。

「マジでそろそろ真面目に考えてよ」

リビングには銃声とゾンビのうめき声が垂れ流されていて、唐突に円佳が苛立ったようにサクマに言い放つ。まるで何か会話の続きをしていたように。サクマは当然こういう機微には疎くて、「なんのことだよ」、と真っ向から受けて立った。

「いや、だからそういうのだって」

サクマは、おれは真面目にやっている、うまくいかないだけだ、自分の悪いところはしっかり分かっているからどっかで好転する、と根拠はなかったから全身全霊そういう風には思えなかったが、かといって完全に否定することもできないでいて、であれば円佳のそういう自分の状況に対する攻撃につい自分を抑えられなかった。持っていたコントローラーを壁に投げつけた。

「ほら、またそれだよ。ざけんなよ」

円佳はシンクに両手をついてこちらをにらんでいる。

「仕事は変わったけど前とおんなじくらいはかせいでんだろうがよ」

「いやいやいやいや、そういうことじゃないから」

円佳の口角が、片一方だけ吊り上がる。目は先ほどと変わらず、明らかな侮蔑の色がそこには含まれている。

「クソみてえな職安もいってちゃんとやってんだろ」

「だから違うって。そういうんじゃなくてちゃんとあたしらのこと考えて一緒にちゃんとしようって言ってんの」

サクマには、本当に円佳が言わんとしていることが分からなかった。そういうときに家の呼び鈴が鳴って、会話は終わった。サクマも円佳も動かず、二度目の呼び鈴が鳴ってもなお、円佳が動かないのを見てサクマは舌打ちをしてソファから立ち上がった。

「佐久間亮介さんのお宅で間違いないですか」

ドアを開けると、スーツ姿の男が二人いた。一人は中年で、今一人は若い、多分自分と同年代かそこいらの男だった。税務署から来た調査官だと言っていた。

サクマはドアノブに手をかけたまま、壁に寄りかかってただ話を聞いている。中年男が手前に、若いのが一歩下がったところにいた。

何度かお手紙やお電話を差し上げたのですが、という言葉とともに、サクマが置かれている現状を二人は唐突に告げた。

どういう形態で働くにせよ納税しなければならず、また何度も職と家とを転々とし、複数の事業所からそういった通知があったにもかかわらずなおこれに従わず、税務署からの通知も電話も受け取っていない、というのは極めて悪質と判断される恐れがある、という趣旨のことを中年のほうが読経みたいに滔々と述べた。いや、悪質云々のくだりはあるいは裁判のときであったかもしれないが、今となっては記憶が正しいのかを確かめるすべはない。所詮記憶は記憶だ。

その後も諸々の規則だとか今後の流れとかをしゃべっていて、もちろんサクマははじめの数秒を聞いただけで、ああこれは無理だ、わからない、ととっくに諦めていた。

最後に自分が払わなければならないとされる金額と貯金の額がほとんどイコールだったことを知らされた。こういう分かりやすいことを先に言ってくれればいいんだ。「サクマ、お前はいついつまでにこの金額を納めろ。さもなくば罰するぞ」、と。これほどまでに簡明なことはないのに、どうして人を小ばかにするみたいにだらだらと長々とあんな説明をしたんだ、とサクマは先の円佳とのやりとりも相まって苛立った。

だれ？

円佳がリビングから重い身体をおして玄関までやってきた。

自分の見間違いだろうか、中年の後ろにいた若い方がやや俯き、口をへの字にして少し笑ったように見えた。

見間違いだろうか。刹那のうちに自問し、答えはすぐに出た。ああ見間違いだ、絶対にそうだ、と。大体笑ったにしてもなんで笑ったかは分からないし、おれを笑ったのか円佳を見て笑ったのか、はたまた彼自身にあったなにがしかを不意に思い出して笑ったのかもしれず、そんなことは結局訊いてみないことにははじまらない。でももしかしたら、本当におれと円佳の境遇を見て笑ったのかもしれない。

こういう疑問の奔流が訪れるとき、多分時間にすれば一秒にも満たないだろう。であればそれに引き続く衝動がやってくる時間も同じくらいで、その衝動を押し返したければ、やはり同じくらいの速さかそれよりも速く自分を意識的にコントロールしなければならないはずなのに、そうはできない。絶対に。自分の穴からぬっと出てきたそいつを操ることは不可能で、大体いつどこから出てくるかもわからないんだ、自分にはどうしようもない。

気が付くと中年の方は地面に転がって、鼻を両手で押さえて大声で騒いでいた。指の間から血が滴っている。自分の額から流れてくるそれは、自分のものとそいつのものとが混じり合っていた。でもなぜか他人の血と自分のそれは、肌に触れたときその違いが分かる気がした。

衝動的ではあるが、目的は明確だ。ドアの前に中年がいて、おれはとにかく若い方をボコボコにしたかった。だから動線上にいた障害物をまず初めに除去しなければならない。

サクマは裸足のまま玄関から外へ出る。中年は相変わらず地面をのたうち回って泣き叫んでいた。

「なんてことするんですか」

そう叫ぶ若い男の顔に、にやつきはもうない。その代わりに、こっちをにらみつけるその目にありありと叱責の色があったのを認めて、自分の内側の熱が一層に高まる。

若い方はサクマのまとう雰囲気から何かを認めると、血相を変えて道路のほうへと駆け出した。サクマも追いかけ、背中で円佳の制止する声を聞いた。

男は住宅街の中を走りながら「たすけて」と大声を上げる。畑仕事をする都市農家の老人が上体を起こして声の方向を見遣る。無論サクマにも視線が注がれた。だけど誰もが無関心であるように思えた。というか見るだけで誰も助けに来ないのだから実際関心などなかったのだろう。

やめろよ、ろくなことにならないぞ、とようやく戻り始めた自分が自分に言い聞かせる。

運悪く、自転車を漕ぐ二人組の警官がバス通りからこちらの住宅街へと進入してきた。男はすかさず件の二人にすがりついて助けを請うた。

サクマは走るのをやめたが、まだとり憑かれている。あいつを殺す。理由はない。ただその目的だけが身体中を満たしている。

警官は自転車から降り、「ちょっと」とか「きみ」と問いかけながらこちらへ歩いてくる。サクマもそちらへ向かっていたからどんどん距離が詰まる。二人の声音が変わる。「とまれ」、「おい」という大音声が住宅街に響く。二人は足を止めた。さっきの若い男はそこからさらに距離を空けて、警官の肩口からこちらを恐る恐るのぞいている。あの顔を見るだけで怒りが募った。その態度はさらにサクマを駆り立てた。サクマは走り出し、一人の警官にぶつかっていった。体当たりをされた方はそのまま後ろに倒れ込み、その拍子に帽子が転がった。すぐにもう一人がサクマを羽交い締めにして自由を奪う。ああもうだめだ。サクマは思った。捕まったことに対してではなく、視界とは別に、頭の中の見通しが靄がかかったみたいに悪くなって、自分の声が自分に届かないことに対してだった。

サクマは両腕をからめとられたまま、全身の力を抜いてその場にしゃがみ、抑え込む警官もつられて前のめりになったところで、勢いよくジャンプをして後頭部を警官の顎に打ち付けてやった。両腕にかかっていた力が緩んだのと、卵を割ったときみたいな音が聞こえたのはほとんど同時だった。

さっき倒したやつはもう起き上がって、こちらに向かってきている。すごい剣幕だった。殴り倒してやろうと思ったが、地面に転がっているのは自分の方だった。うつ伏せになって、アスファルトの冷たさを頰で感じた。殴るために突き出した右腕はなぜか背中で抑え込まれていた。もがく。背中に体重がかかっている。乗っているのか、と気が付き、うつ伏せのまま、なんとか背後を見ようとした。警官がサクマの右腕をねじり上げて、右膝で腰より少し上のあたりを抑え込んでいる。警官は抑え込みつつ、左手で無線を操作して応援を呼んでいた。

サクマはまだ自由の利く左手を背後に伸ばした。警官は「暴れんな」と怒鳴り、左手を払いのけようとした。頭の中では白いぷつぷつがまだ無数に、次から次へと湧き出ていて止められない。警官の下腹部をわしづかみにした。

「おい放せ、暴れるな」

背中から声が聞こえ、聞こえると同時に握る力を強めた。まるでボリュームのスイッチみたいに警官の声がさらに大きくなった。ねじり上げられている右腕をさらにきつく締められる。

痛みに耐える方法は、そこから目をそらすのではなく、直視することだ。見れば見るほどにだんだんと痛みは分解されて客観視できるようになる。これまでこうやって痛みと渡り合って来た。痛みから遠ざかろうとすると、それが激しくなった時にどれほど遠くに逃げたと思っても必ず追いついてくる。とにかく見続けるのだ。すると痛みは痛みのまま熱さと痺れと重さのような要素に分解される。痛いは痛いが、こうなればしめたものであとは耐えられる。

サクマは摑んでいる手を決して離さない。さらに力を籠める。親指がどんどんめり込んでいくのが分かった。我慢比べだ。警官が感じているであろう痛みに比例してサクマのねじり上げられた右腕にかかる力がどんどん増す。ゆるめてやるものか。目いっぱいに握りこむ。桃とかバナナとかの中に石が入っていたらこんな感じかもしれない。破れろ、と念じながら、シャツから伝わる警官の肉感と体温とを握る手から受け取る。

警官が悲鳴を上げると同時にサクマから飛びのくのと、右腕が脱臼したのは多分ほとんど同時だった。

サクマはのそのそと立ち上がってから動かなくなった右腕を、俯きぼんやりと眺めた。

その後、多分四台くらいのパトカーがやってきて現行犯で逮捕された。救急車も二、三台来たと思う。

伊地知が言う同じこと、というのはこれのことだろうか。傷害と公務執行妨害と他に税金に関する諸々。税務署の役人は鼻の骨がめちゃくちゃになり、サクマの上に乗っかっていた警官の下腹部からも流血があり、もう一人は顎が砕けた。これがあの二人のしたことと同じことになるのだろうか。

犯行は極めて衝動的と思われるが、調査官一名並びに警官二名に対する暴力行為はあまりに過剰で執拗で、元々徴税を逃れる意図を以て職と家とを転々としていたかは定かではないもののその義務を故意に果たさなかったことは明白であり、これに対して暴力で抗したことは初犯とはいえ看過できない、みたいなことを裁判所で言われた。

もっとわかりやすく言ってほしかった。

伊地知は盗みに入った家で、たまたま家人のおばさんがいてこれに暴行を加えて金品を強奪して捕まった。向井はコンビニ強盗だ。

こんなところに入れられたとはいえ、誰しもがはじめは思う。自分はこんなところにいるはずじゃない、と。だから自分のしたことはなかなか言い出さない。でもこれは月日の問題に過ぎない。更生プログラムは犯罪の類型ごとに分けられていたから、ある時期を過ぎると、誰それはどういうことをしたんだな、と大まかな予想がつく。でも類型は類型で、なかなかに大雑把なくくりだ。同じ強盗でもピンク——連続で下着を盗んだりついでに強姦までするようなクズ——が交じったりもしている。で、プログラムに参加しているうちに、さすがに同じ盗みとはいえ、そんな奴と一緒くたにされるのは敵わない、という思いからだんだんと、結局は自分から何をしたのかを打ち明ける羽目になる。大体何年も同じ房のものと暮らさねばならないのだから、いずれ分かることだ。二人もそうだったし自分もそうだった。

向井は端的に言って素朴で、人が良い。大学も出ていて地元にある小さな印刷会社に勤めた。病んで退職をし、その後は非正規として職を転々とし、妻と子供もいたから、犯行の前後ではかなり参っていて自殺未遂もしたといっていた。鵜呑みにはできないけれども、向井の人となりを見る限りはさもありなんといったところか。

コンビニの駐車場で、自分の軽自動車に自殺用の練炭と七輪やロープ、それから包丁なんかを積み込んで死ぬか盗むかを一晩中悩んだという。実際に行動に出たのは午前中も終わりに近づくころで、気が付くとコンビニの入り口に包丁を握りしめたまま立っていた。店員が悲鳴を上げて我に返るも遅く、昼飯を買いに来ていた警官がいるという不運も重なった。向井は急いで車に逃げ戻り、エンジンをかけるなりバックさせた。警官がドアに摑まっているのも気づかずに。

「裁判でもね、この部分は結構争ったんだよ。本当に運転席側のドアに摑みかかっている警官の姿が目に入らないのかって。でもね、頭が真っ白な時、見えてても何も見えないじゃない」

向井は警官を引きずりながらバックで車道に出た。横っ腹にトラックが衝突して車は大破し、向井も重傷を負い、警官もまた吹き飛ばされた。幸い死人は出なかった。

「本当に何がなんだか分からなかったんだよ。今もさ、あの時のこと、全然思い出せないんだよなあ」

向井のおしゃべりは、そのセリフで唐突に終わった。おれと同房でおれより三年も先に入所しているということは、要するに誰かを害する故意が認められたということなのだろう。サクマは考えた。盗んだり自ら死のうとしたりするやつの心境なんて全く分からなかったし知りたくもなかったが、ただ頭が真っ白というのは分かった。裁判官でも検察官でもないので話の矛盾や前後を検《あらた》めたりはしない。向井はただ話したかっただけだ。本当は店員も警官も殺すつもりだったのかもしれない。結局こういう時、伊地知のような粗野な人間の方が、その発言に信頼感なり一貫性なりはあるいはあるかもしれない。地元の小悪党と長い間小さな犯罪を繰り返して、運よく捕まらず、今回たまたま強盗で検挙されてブチこまれる、といったストーリーと本人の振る舞いになんら矛盾はない。

せんべい布団に転がり、伊地知と向井とを思い浮かべる。それから自分のことを振り返って、伊地知はともかく、向井はカッとなって税務署の役人とか警官とかを殴ったりするタイプじゃない。少なくとも本人の話を信じるのであればという留保がつくが、おっかなびっくりでコンビニに押し入るやつと自分や伊地知が同じことをしでかすとは到底思えない。だからどう考えても向井の準備面接は順当だったし、自分と伊地知とに身元引受人がいないのは致し方ないことだ。そこにやっかみが入る余地なんて一つもない。

結局、何一つ終わってなどいなかった。はじめに抱いた感慨は、甘美な感傷に過ぎなかった。拘置所でも裁判でも刑務所でも、大小さまざまなタスクが待ち受けていた。それでも、外や拘置所や裁判よりかは、刑務所は分かりやすい。一日のタスクが決められ、それをクリアすると目標――仮出所――へ一歩近づく。ケイデンスを上げれば評価が上がり、また目標へ近づく。自分には身元引受人がいなかったから、向井のようにはいかないだろうけれども、とにかく積み上げていけばいくほどに、ちゃんとしていけるのだ、という達成感が得られた。ここに入った時と同じ理由で以て振出しに戻ることもあったが、外では駄目だった戦い方が、ここでは有効だった。

「早くムショにいきてえな」

このセリフは拘置所にいたときによく聞いた。自分も含めて、初犯の人間は今後自分にいかなる末路が待ち受けているのか戦々恐々とする。

今にして思えば、外の世界にいたときテレビでもネットでも漫画でも、末路といえばホームレスになるか逮捕されるかくらいのもので、自分もそういう見方をしていた。要するに逮捕されたりホームレスになったりした先のストーリーが彼らには一切ないだろう、という見方だ。

さしものサクマも、「さすがに終わったなー」、と思っていて、しかし一日一日を経るごとに、全然何も終わってないことを身を以て体感することになった。冷めて味が薄く量の少ないメシは相変わらず三食だされ、排泄をし、裁判——こいつがなかなかに事務的で極めて厄介だった——に関する諸々の手続きがあった。

大家との書類のやりとりもここで行ったような気がする。賃貸借契約に関する諸々と、家に残してきた物品についてだった。最初の一通目は事務的なやりとりだったが、二通目からはその文面の端々にやさしさが感ぜられた。

例えば「同居人の方はこれからご出産をされるということらしく、立地や今後の借り手の見込みを思えば、従前通りこれまでお二人で折半されていた金額の実際の負担分をのみ家賃としようと考えております。無論、今回の事情を考慮して当面は支払いを猶予する所存であります」というような文章がそれだ。サクマは十回以上読んで、ようやく家賃が半額になってそれもしばらく払わなくていいのか、と理解した。円佳はしばらく働けないだろうから、大した額にもならないだろうけど自分の物を適当に売って生活の足しにしてくれればよい、と大家に返事を出した。最後の手紙は、「お二人でしっかりとこのことについて向き合いなさい」という、いかにも年長者らしい

——しかし大家の日頃の態度や見てくれからは想像もつかないような——言葉で締め

くくられていた。

とにかく、こうしたやりとりをも含めて、自分が外の世界で残してきた経済的なものの清算や手続き、これから自分をとりまく環境に対する手続きが連綿とどこにいても続いた。

終わった、という絶望感が初めてここにきた連中の共通の土壌だったように思う。持続化給付金目当てに役所をだまくらかした学生とか会社員とかがまさにそういう感じだった。サクマは、彼らに比して絶望というよりも「あーあ」という風に自分のいつものあれにやはり勝てなかった、とどこか諦めに似た感情だった。とはいえやはり「終わった、ここが終着駅だ」という感情が底の方にあった。そういう自分たちも、新たに入ってくるものや先の手続きを踏まえていくにつけ、ここは全然ゴールでもなんでもないことを理解していく。特に、こなれた振る舞いをする人間——大体が累犯とか暴力団関係者とかその両方とか——を見るにつけ、なるほどここは最悪のゴールではなく、ある種の人間にとっては、例えば世間における社会人大学院とか海外転勤とか、要するに人生の一ステージに捉えられていることをまざまざと見せつけられた。

サクマは比較的早く順応することができ、そういう人間から情報を収集した。保証人がいるやつ、カネのあるやつは保釈をされたが、そうでないやつはそもそもそういう制度の話すらこない。無論、サクマもそのうちの一人だった。

「何やったんだよ?」

刑務所は、おかしな話だが世間のホテルみたいにグレードがあって、収容される連中のやばさに応じて収監されるメンバーが分けられている。だからサクマの雑居房だけでなく、全体的に収監されている連中の質は均されている。拘置所はそうじゃない。まさに玉石混淆だ。

「早くムショにいきたい」と言っていた同房の、絵にかいたような暴力団の組員がサクマに訊く。

「たぶん傷害ですね」

「知り合いとケンカにでもなったか」

「いや、税務署の役人と警官です」

サクマは淡々と答えると、男は豪快に笑った。ひとしきり笑ったあとに涙を拭きながら「そんなバカなことをするやつがまだいるんだな」と言って、この後のおおまかな流れを教えてもらった。

最近、組員とか本当に頭のおかしいやつを除くと、やっぱり特殊詐欺での検挙が多いということだった。詐欺は、取り調べが行われれば行われるほどにさらなる調査がかかることが多く、検察から警察へ逆戻りすること——逆送——も少なくないらしい。それと引き換え、サクマのような分かりやすい——男の言葉を借りれば「すがすがしい」——犯罪なんかは結構すぐに判決が出るとのことだった。実際、同房を見渡すと、サクマより少し若いであろう学生風の男が二人いて、彼らはサクマよりも前に逮捕・勾留されていたが、自分の判決が出て移送が決まった後も勾留されていた。付け加えるなら、彼らは何度も出たり入ったりを繰り返していた。

そしてその男に言わせると、刑務所の方がずいぶんマシだということらしく、入所から一、二ヵ月はさすがのサクマも息が詰まりそうで、あのヤクザ者はとんだ嘘つきだ、と思ったがさらに月日が流れると段々とその意味が分かってきた。要するに壁にある程度の厚みがあって、布団も少なくとも留置場よりかはまともで、嗜好品にも融通が利いた。

　だからどうせ捕まって刑務所に入るのであれば、たぶんこざかしいことをして捕まるよりも、分かりやすい方がいい。とはいえ、まだ入っている身ながらもサクマは二度と来まい、と決めた。決めてはいても、次に来ない自信はなかったが。普段は我慢できていることが何かの拍子でムカついて口とか手とかあるいはその両方が出てしまうんではないか。この恐怖がいつもついて回った。この恐怖を追い払えるのは、自分を肉体的に追い込んだ時と怠惰に任せて寝まくったりゲームとかネトフリとかネットとかから溢れる、細々した情報一つ一つに触れて回るか、その衝動にいっそのこと飲み込まれてしまうかしかない。

　刑務所の中での日々は早かったり遅かったり色々だ。でもこの緩急にまつわる諸々は別段刑務所に入ってから始まったのではない、というのをふと想起を繰り返している中で思い当たった。かつていた日常でも、たぶん職場と家の往復ばかりで数ヵ月を過ごしたことはあったはずで、房と作業場ほどの近距離ではなかったにせよ、ずっと高いところから見ればその往還運動は刑務所と変わるところはないのではないか、とも思えてくる。刑務所には、自分の房の他に無論医務室や作業場やほかの房や監視塔や刑務官のための施設や面会のための場所などがあるが、細部の配置だとかどこに誰がいるかとかそういう細かなことまでは、刑務官にでもならない限り分からない。分からないが、この分からなさも、かつていた世界はしっかりと備えていた。街を疾走する中で、黒々とした髪の毛を撫でつけている、ストライプの入ったスーツを着た中年の男とこれが出入りするビル。こういう手合いは、スーツを着ていてもワークアウトをしているであろうことがその姿勢とか腹回りとか肩とかのシルエットでなんとなく見て取れる。明らかに新宿をうろついたり、下高井戸あたりで帰路に就くような他の勤め人や自分なんかとは住んでいる世界が違うことが分かる。逆に、分かることと言えばそれくらいのもので、その世界がどういうものなのか、どうやったら入れるのかはさっぱり分からない。その当事者にでもなってみない限り。で、その当事者にどうやったらなれるのか、そもそもなることができるのか、という可能性は、たった今この瞬間に自分が刑務官に就職できるか、と考えてみたときに感じることができる可能性と同じくらいだろう。結局何かが「ある」ことは当然に見えていて、それでいてそこと関わることは絶対にできない、と思い知らされるだけのことだ。初めのうちこそ夢想するが、経験によってすぐに無理だと諦めて二度と考えないようになる。考えないようになると、それらは火星の砂嵐とか北極のオーロラくらいの意味しか持たないようになる。

ここでは「お前にはかかわりのないことだ」、ということを規則と刑務官の口を以て明確に伝えられる。妙な期待を持たずにすむというところは、外よりも優しさがあるといっていいかもしれない。

とはいえ、閉居罰はなかなかに応えた。これは規則違反――刑務所の中での規則違反など大体がケンカとかいじめとかそのくらいだが――を犯した者に科されるもので、サクマは血みどろのケンカを伊地知として、これにとんでもない怪我をさせたがために五十日という長大な罰を食らった。

基本的な一日の流れは通常の刑務所生活と同じだったが、まず作業がない。工場作業は楽ではないが、それでも気がまぎれる。例えばメッセンジャーをやっていたときと同じで、目の前のことに真剣に取り組めば取り組むほどに自分やこれを取り巻く有象無象に気を向けないで済むという点においてとても気が楽なものだった。こんな独房で何をするかといえば、ただ座っているだけだ。胡坐をかき、背筋を伸ばし、メシと用便の時以外は目の前に立ちはだかるドアをただ見つめ、座る。眠気が襲ってきて、背が丸まってうとうとすることも当然あった。十分前後で巡回する刑務官は、うつかり見過ごすこともあったが、見つかるとドアをこぶしで叩いた。大声で名前を呼ばわることもあった。

初めて刑務所に入った時、この罵声の洗礼を浴びる。サクマはふと自衛隊時代の前期教育を思い出した。鬼の形相で陸曹や区隊長が声を張り上げるが、しばらくするとこれが演技だったと分かる。感情がこもっているようでこもっていないのだ。だからサクマは冷静でいられた。累犯のものやサクマみたいに類似の経験があるもの、壊れてるやつはビクともしなかったが、次に行進の号令がかかったり一歩前へ出たり質問をされたとき、本当にまともでうっかり一線を越えただけの連中は動けなかったりその場にうずくまったり泣き出したりした。

まだ背中がずっと蒸している。だんだんと眠気が訪れて背中が丸まってくる。この懲罰は誰とも会話をすることができず、ただただ己と向き合うこととなる。時間なんていう概念は最初の一日かそこいらでなくなる。重要なのは最後に食べたメシが朝か昼か夜かそのくらいなもので、三日も経てば今が何日目なのかさえさっぱり分からなくなって、ただ数字を数えたり、それも基準がないと段々狂ってくるので自分の心音とか刑務官の足音が聞こえればそれを数えてみたりする。それもすぐに終わって、それ以外の音を聞く。無音のように思えても、晴れている時はなにか電気が流れているようなちりちりとした音が聞こえてくる気がする。独居房内に漂う――多分あの薄くて汚い毛布から吐き出されていると思われる――埃から鳴っているようにも感ぜられる。どうでもいいことだ。あと何日続くのだろうか。刑務官は、むろん罰だからそんなことをサクマに教えることはしないし、メシ上げのときも、ドアの下からお盆を差し入れるだけで絶対に口はきいてくれない。誰かと無性に話したくなる。声を出したい。せめてテレビを見て、何かこんなところとは別の世界がずっと広がっていることを知りたいと強く思う。人から無視されるのは初めてじゃない。

中学の頃、ヨシタケという同級生がいた。サッカー部に所属していて先輩からもかわいがられるタイプの男で明るくて残酷なやつだった。サクマは――未だにその原因は分からないし、そもそも原因なんてないのかもしれないが――学校という制度そのものにうまくなじめなかった。それ故ヨシタケみたいなやつはもちろん、マジック・ザ・ギャザリングの話題で盛り上がる一団とも関わらないでいた。関われなかった、といったほうが正確かもしれない。とにかくサクマは一人でいた。かといって家や図書館で読書や勉強に励むタイプではもちろんなかったから成績は極めて悪かった。やんちゃをするような連中の注意を引く身体的な特徴とか話し方のクセも多分なくて、とりあえず一年間はなんとかやり過ごすことができた。

　でもヨシタケはサクマにいらぬちょっかいを出しはじめた。たぶんこういうことは輪番制みたいなものだから、おれが終わればあのマジック：ザ・ギャザリングのカードを見せ合う連中にでも矛先が向くだろうくらいに高をくっていた。きっと溝なんてなかったのだろうけれども、家においても何か一線みたいなものを――お互いに――勝手に引いていたために両親との会話も一切なく、たまにあっても反発しあう同極の磁石みたいに最後は怒鳴り合いと取っ組み合いになってしまうので当然こんな問題を相談できようはずもなかった。今にして思えば、比較するのもおかしな話だが家と学校とを比べればまだ後者の方が――居心地が悪いことには変わりはないけれども――ましだった。

　一週間経ち、一ヵ月経ち、半年が経過してもなおそういう細々したいやがらせはなくなるどころかむしろエスカレートしたように思う。今とは比べるまでもないが、一週間かそこいら、誰もちょっかいも何もだしてこないこともあった。なぜだか教師までもがそれに加わっているような気もした。あっちも気が付いているだろうが、決してこちらを意識に上らせないよう努めているのははたから見てすぐに分かった。

おれのせいじゃないぞ、とサクマは今も思っている。

バイクのフレームに入った亀裂みたいなもんだ。いつか刻まれたクラックは、時間が経って自然と直るもんじゃない。走れば走るほど違和感は増し、あるときぽっきりと、当然クラックがある部分から破断する。破断せずとも、走った分だけ見えない裂傷は広がっている。自分もきっとそうなのだ。おれのどこかに小さい亀裂があった。きっかけは思い出せもしない。たぶん耐えられるときもあったのだろう、事実耐えてきたのだと思う。ヨシタケにもその予断があって、いつもと同じ何かをしてきた。何かをしてきた、から何かが起きた、までの記憶はもうない。

気が付くとサクマの額は、逮捕のきっかけのときと同じくぱっくりと割れて血が滴っていた。目の前にはごろごろと喉を鳴らす猫みたいなうめき声をあげるヨシタケが鼻を押さえて転げまわっている。ヨシタケは泣いていた。教室は騒然となり、気が付くと職員室にいた。

頭突きを食らわし、ヨシタケの鼻は見事に折れた。それからというもの、職員室を行き来する日々が続いた。両親は気の毒なほど狼狽《うろた》え、その狼狽がさらにサクマに近寄りがたさを植え付けた。教員たちもはじめのうちこそ大きな事件として取り扱ったが、聴取をされている間に不都合があったのかどうかは定かではないが、サクマに驚くような不利益がもたらされるということもなかった。

ヨシタケとはしばらく付き合いがあったが、それもすぐにやめた。他人の家のにおいと不穏さが嫌だったのだ。ヨシタケの家は自動車整備を家業とし、その二階部分が家だった。ボルトを外す工作機器の甲高い音が、昼下がりの子供部屋に響いてくる、そんな家だ。台所は、国道沿いとか高架下とかにあるラーメン屋の厨房みたいに積年の油汚れがこびりついていて、カップ麺の容器が汁もそのままに放置されてゴミ箱からは丸めたティッシュとか何かの銀紙とかが溢れてリビングのテーブルにもまた皿だのコップだのベタついたリモコンだのが散らばっている、そういう生活感に、自分が実際に住んでいるわけではないにもかかわらず息が詰まりそうだった。不快感、とその時は判断した。でも今は分かる。あれは恐怖だ。自分が常日頃感じていた恐怖だ。こうなるぞ、こうなってはだめだ、という恐怖だ。あの年代特有の忘れっぽさとでもいうのだろうか、ヨシタケとは数度お互いの家を行き来する仲になったが、しばらくしてそういう仲にあったことすらをも忘れて互いの縄張りに戻っていった。

サクマの予期の通り、太っていて、内気なくせにアニメやゲームのこととなるとやたら饒舌になる同級生がヨシタケのおもちゃにされるようになり、サクマはそれまでの生活に身を置くことができた。

時間が伸び縮みを繰り返す。自分の内へ内へと思考が下降していく。人はこんなにもおしゃべりなのか、とサクマは驚きを禁じ得ない。外界の情報をすっかり遮断され、同房や刑務官との会話も禁じられると、当然に自分に意識が向く。目の前のドアやこの狭い部屋に注意を向けることもないではないが、目の前の事実をどれだけ観察して積み重ねたところで、これまで生きてきた日数とその重さには敵わない。敵わないはずなのに、うまく思い出せないことが多かった。歯がゆかった。

あぐらをかいて座る自分の影がだんだんとドアの方向へと伸びていき、しばらくするとそれも薄くなっていった。

刑務官が食事を持ってくる。ドア下に付けられている、小さな受け渡し口からお盆が滑ってきた。

サクマは言葉なくそれを受け取り、小さな机の方へとそれを運ぶ。サクマは今作業をしないで懲罰を受ける身だったので食事の量は極端に減らされていた。茶碗の底の方に少しの麦ご飯、わかめと豆腐の味噌汁、サワラ、きんぴらごぼう。量こそ減らされたが、かといって身体を動かすわけでもないしメニューが変わるわけでもない。不満は特になかった。元来がメシにとやかく言う質ではなかったからだ。雑居にいたとき、テレビから飲食店の情報が流れてくると、伊地知はすぐに変えるように言った。腹が減るからだ。味にもうるさかった。他の連中は、「こっちは見たいんだよ、すぐ終わるから待っててくれや」、と言ってケンカになった。双方大事には至らず懲罰も軽かった。それ以来、同房は一応伊地知にメシについてだけは気を遣うようになった。もう一方の佐藤という二つ下の男は、メシの文句や食いたいものの話ばかりをするやつだった。伊地知ともそれで盛り上がることがあったが、佐藤の執着はひどい。いつどこの店で何を頼んでそれがいくらだったのかを克明に覚えているのだ。初めのうちこそ伊地知も面白がって聞いていたが、すぐに空腹から「もう黙れよ」と会話を終わらせる。何事にも限度があった。

たまにサクマも話を振られたが、「おれはなんでもいいや」、とそっけない。

そういう中にあって、向井の仮釈放に向けた準備が進んでいき、伊地知の嫌がらせが始まった。元々気が弱く、それでいて追いつめられると何をしでかすか分からない向井だったから初めのうちは耐えていたが、だんだんと表情が曇り始めて、メシにいらぬいたずらを施されるのが続くとびっくりしたような、ひきつけでも起こしたような反応を見せるようになってきた。

サクマは単にそのどちらをも愉快に思っていなかった。免業日、同房の連中はやることがない。当たり前だが、どこかにフラっと行けることもないので専ら昼間のくだらないワイドショーかＮＨＫの再放送を見るか、ノートの切れ端で作ったトランプとか将棋——こういう時間がかかる細々とした作業が刑務所では全く苦でなくなるどころか、むしろ進んでやりたくなった——をして過ごしていた。業務がない日も、起きる時間は変わらず、布団はしっかりたたまなければならない。昼寝は、この生活に慣れてくるとあまりしなくなる。夜眠れない方がつらいからだ。部屋の真ん中に背の低い長机を出して、六人が向かい合って座る。伊地知と向井は対面で、伊地知の隣にサクマが座っていた。他の三人はだらだらとテレビを見ながらメシを食っていて、二人のやりとりに全く注意を払っておらず、サクマは黙々と食べることに集中していた。

「もうやめてもらえませんか」

向井が箸と茶碗を持ったまま俯き、漏らすように言った。伊地知は目を剝いて挑発的に「なにがだよ」と返す。サクマは二人のやりとりよりも、向井の盆の上に山盛りの綿埃が載っているのに目が向いた。バカの伊地知がまたぞろお手製の屑籠か何かにせっせとこれを溜めて、ほんのわずかの隙にブチまけたのだろう。小さな綿がサクマの生姜焼きの上に載った時、わずかの諦念とかなりの衝動とが身体中に満たされた。箸を叩きつけるように置き、握りしめたこぶしを裏拳で以て伊地知の顔面に食らわせた。伊地知は後ろに倒れ、倒れる拍子に膝が長机に引っかかって全員のメシが四周に散らばった。

「てめえこのやろう」

伊地知は鼻か口か分からないが、とにかく顔の下半分からすごい量の血を流していた。抱き合うようにして殴ったり蹴ったりをした。伊地知は罵声とどなり声とともに力を振るったが、サクマは何も言わなかった。鼻息だけが荒い。伊地知はサクマに馬乗りになって、目いっぱいに拳をサクマにぶつけた。額が切れて、判断力が一層鈍り、感情が薄れる。サクマの中には穴から出てきた白い何かが充満している。怒りとは別の、しかしエネルギー量だけが同じ何かだ。サクマは何度も殴られ、ここぞというときに伊地知の右腕をがっしりと摑んで嚙みついた。伊地知は両脚で以てサクマの身体をがっしりと固定していたが、嚙みつくと同時にそれがふっと抜け、部屋中に絶叫が響いた。鉄の味がする。嚙みついた、と食い破った、という感触は一緒に去来した。レトルトの生姜焼きなんかとは比べ物にならないほどの嚙み応えで、分厚いゴムとかタイヤとかを嚙んだらきっと同じ感覚だったろう。

伊地知は嚙みつかれた腕をもう一方の手で押さえながらなおも絶叫して床を転げまわった。サクマは立ち上がるが早いか、口から伊地知の肉片を吐き出し、のたうち回る伊地知の胸倉を摑んで頭突きを食らわせた。

「離れろ！」「やめろ！」という声があちこちから聞こえてきた。背後のドアが開いて、刑務官がわっと押し寄せてくる。同房の四人は部屋の隅で「おれたちはなんも関係ない」、とばかりに壁際でおとなしくしていた。革製の手錠をはめられてサクマは引きずりだされ、伊地知はストレッチャーで運ばれた。

すぐに調査になった。向井や佐藤にまで累が及んだのかは、そのまま医務室、懲罰行きとなったサクマに知る術はない。

こういうことがある度に、過去の罪と突き合わせが行われる。何人もの刑務官と同じような会話を繰り返し、何度も聞いたことのある指導を受ける。反省の色がなく、度し難い衝動性ということでこの罰だ。伊地知がどうなったのかを訊いても答えてくれるわけもないし、塀の中じゃ質問と抗弁は薄氷一枚の違いでしかない。うっかり担当抗弁なんかにされたら、追加でまたいらぬ罰を受けることになる。

自分は何も変わっていない。また、大家からの奨めにもかかわらず、ついに自分から円佳へ手紙を出すこともせず、反対に円佳からの手紙を読むことになってしまった。帰宅の時間を連絡しないことの冷却期間は三十分くらいで、勝手な買い物をしたときのそれは一週間くらいで、役人をボコボコにしたことに対する冷却期間は二年だということだったのだろうか。内容は、戻る場所があるようにも、二度と会わないという宣言のようにも受け取れた。子供のことは一切書かれていなかった。最後は、「絶対に早めに返事を出してください」という奇妙な一文で締められていた。

申し訳ない、という思いとおれにはどうすることもできない、という思い、それから全部忘れてなかったことにしようという浅ましい考えが浮かんだ。手紙を封筒に戻し、壁に備え付けられている幅の狭い本棚——週刊少年ジャンプの一ページ目——に仕舞った。

円佳とは、コンビニのバイトのときに知り合った。お互い職を転々としているときのことだ。雇用形態にかかわらず、どんな仕事でも長く続けられるやつというのは一定数いて、サクマはそのことが不思議でならない。コンビニでもそうだ。一転、全く長続きしないやつというのも必ずいる。自分がそうだったし、そのバイトを始めて円佳を見たとき、すぐに——そういうところだけは——同じにおいがする、とサクマは感じ取った。結論からいえば、円佳はそのどちらでもなく、いずれでもあったということになるが。

似たような一日を積み重ねていると、何か事件でもない限り特定の日を思い出すのは難しい。円佳と同じ職場にいた日々は短かく、それでいて単調な毎日のおかげで、思い出せる一日は、自分がクビになるきっかけを作った日くらいのものだ。

サクマが宅配便の荷物を客から受け取っている時、レジが混雑しはじめた。平日の昼下がりで、混むにしては奇妙な時間だった。レジお願いします、と少し声を上げると、バックヤードから円佳がやってきた。自分もそうだったし、円佳の方でも公共料金の支払いとか、電子マネーのチャージとか、ちょっと面倒なことが重なった。

「お待ちの方どーぞ」

サクマが列に向かって声をかけるが、視線はわずかに並ぶ人の頭上にあり、焦点は合っていない。

「ねえ、いつもこんなに待たせるの？」

牛丼と週刊誌と綾鷹を持つ客が、隣のレジで文句を垂れていた。列の最後にいた男で、四十代後半か五十代前半の面長の男だった。スーツは皺だらけで頭頂部が薄かったが髪は長めだった。一瞥しただけでサクマは嫌悪感を覚えた。こういうやつが、例えば出合い頭でぶつかりそうになると、すれ違いざまに舌打ちとか、すれ違って少し離れてから気をつけろとか文句を言うタイプだ。で、相手を見てさらに手を変えてくる。円佳なんかは不憫だ。背が低くて、そのくせ少し目つきが悪く挑戦的に感ぜられ、大体ギャル上がりみたいな髪とか態度とか、殊にああいうやつの注意を引いてしまう。だからこんなことを言われても、視線も合わせず、態度も変えず、それこそ話しかけられていることなんか知らないようにレジを打って、「千二百十円になりまあす」、と会計を催促する。

男は少し声量を上げて円佳の態度をさらに非難した。「社会人として」とか「誠意」とか、確か自分とは全然関わりのない単語を連ねていたように思う。円佳は「あー、すみません」「次からは気をつけまあす」と心無く言っており、視線は男を見上げているが、明らかに首をかしげるようにして全くやる気が感じられない。口論とかもめごと、という感じはしない。男の方でも、多分そういう風にみられたくないのかもしれない。ただ言い返してこないことが分かっているからごちゃごちゃとしつこくこだわるのだ。すれ違いざまに舌打ちをするようなやつと同じで、自分に何かが降りかかるとはまず考えていない。男がいつまでもねちねち言っているのがサクマの癪に障った。他の理由もあったかもしれないが、円佳を助けよう、というようなことはこれっぽっちもなかったことだけは確かだ。サクマは、誰かのために何かをするようなタイプではない。そもそもあのどうしようもない男が原因ですらなく、単純に自分の穴——幸いにして小さい——からいつもの衝動が顔をのぞかせただけだ。

サクマはレジカウンターの外に出、男に詰め寄るや否や「おめえいつまでもネチネチネチうるせえんだよ」と大声を出した。

男の背も高かったが、サクマはそれよりも高く、顔を近づけてさらに「用終わってんだったら目障りだからどっかいけや」と目を剝いて怒鳴った。

店内にはまだ何人か客がいて、商品棚から恐る恐るこちらを見ているのがなんとなく分かった。円佳までが目を丸くしていた。男の方は何が起きたのかすらよく分かっていないようだった。サクマはもうすっかり諦めている。普通に生きていて、見知らぬ誰かに大声を出しているやつなんてそういえば見たことがない。こういうのを飲み下して忘れて我慢して、保険とか健康診断とか納税とかをこなすことがちゃんとするということなのに。たぶんまたクビだ。

今度は店長がバックヤードからすっ飛んできたが、男はもう店を後にするところだった。店長は慌ててその後を追って、外で何かを話し込んでいるらしかった。

「ウケんね」、と円佳が言った。

サクマはもうレジカウンターに戻ってきていて、円佳のレジとは少し距離があった。二人とも視線は合わさず、ぼんやりと目の前に広がる、明るいが無機質な店内の方を見るともなく見ていた。

「店長?」

「いや、ちがくて、キミが」

「おれ?」

「いっつもそうなの?」

「なに?」

「そうやってキレんの？」

「たまにね」

「ウケる」

客が来て、「いらっしゃいませ」、と二人そろって感情のこもっていない声を上げる。もちろん客は自分のところには来ない。

それなりの時間が経ってから店長が戻ってきて、サクマは呼び出しを受けた。しばらくは人がいないからアレだけど、こういうことを続けられると困る。君はバイトだからいいけど、こっちはそれ以上の業務をこなして君が考えている以上のことに対応しているんだ、ということを店長は言った。バックヤードには段ボール箱が積みあがっていて、ノートPCがテーブルの上にある。狭い。店長はいつもこれで事務仕事をしていた。その机の横にキヤノンのプリンターが置いてあったと思う。

とにかく君のことはしばらく考えさせてもらうから、と店長はどこかおっかなびっくりに言った。

サクマはバイトを辞めた――実質ほとんどクビだった――が、円佳はしばらく続けた。別にあの一件があったから、というのではなく、元々休憩時間や上がりのタイミングが合えば喫煙所で会話をしたり飲みに行ったりをしていたので、ただ単に交友関係が切れずにだらだらと続いただけだった。どことなく波長が合っていたように思う。異性に対してこういう風に感じたのははじめてだった。

円佳は、自分と似ているところがあった。あったと思う。自分が決して関わることができない世界がどこかにあって、時たまそいつが理不尽とか因縁とかの皮をかぶって顔をのぞかせることがあるということを知っている。自分はそれに耐えることができずに、また心中まだわずかながらこれに関わっていけるのではないかという期待みたいなものがあって、そしてそうはなれない今との不均衡がために、不規則に感情の決壊を起こすことがあったが、円佳は、そういう意味では完璧に不感症を起こすことでこれと対峙していた。あるいは対峙しないようにしていた。ほんのわずかな期間接するだけでは、あのナメた態度が彼女一流の処世術であることを見抜くのは難しい。本人はそう思っていないかもしれないけれども、サクマにはそのように見えた。

自分たちの間に、世界とか態度とか抽象的な話題が上ることとは、思い出せる限り一度もなかった。だから円佳がどうしてそういう策を身に付けたのか、ついに知ることはできなかった。

　とにかく、仕事の長続きしないサクマは家の更新が切れるのと同時に円佳の家に転がり込んで、円佳の方もすぐに家の契約が更新されるということで、家賃が安くてそこそこ広い三鷹の家へ越したのだった。

　とりあえずは落ち着いていた、と思う。一つの環境にそれなりの期間身を置いた経験は少ない。小学校の六年間が最長で――刑期を全うしたらこれと並び、拘置所の間も含めたらこれが最長になってしまうが――、次いであの生活がその順番だった。

　こうしなければいけない、というタスクの積み重ねの上での成功、というのが刑務所では極めて分かりやすい形で示されている。刑務作業然り刑期然り。このレールから外れることはほとんど不可能だ。外でも二十年三十年先のルートが色々と設定されているが、こちらの方はなぜそうなったのか分からないまま外れる。一旦外れるとそれまで舗装路みたいに決まり切っていた道が荒野になる。どこにでも行けるかもしれないがどこへ行ったらいいのか分からなくなる。ここはそれがない。何をすれば罰を受けるのか、何をすればいいのかが、少なくとも外よりかは分かりやすい。圧倒的な力の存在というものをまざまざと見せつけられるというのも、この分かりやすさに一役買っているだろう。

サクマはこの閉居罰という懲罰に「思い出の部屋」という名前を付けた。もし次に誰かがここへくることになったら「こうなる」、ということを伝えようと思った。だからと言っていまさら受刑者同士で楽しい思い出を作れるわけでもそんな意思があるやつがいるとも思えないので、各々の過去に各々が向き合っていくしかないのだろうが。

サクマが思い出の部屋を出られたのは、きっちり五十日経ってからだった。刑務所も役所なので気分でその罰が延びることも短かくなることもない。分かりやすい。罰が終わったからとて、すぐに元の生活には戻れない。担当刑務官との面接や雑多な聴取とか反省文を書かされたりとかの雑事で数日を費やした。

懲罰が終わった最初の日、会話がつらかった。感情ではなく、これは身体上の理由からで、久しぶりの会話は驚くほどに喉の負担になってすぐに喉が渇いた。口の中の唾液がすぐにねばついて、喋ると喉にはりつき、乾き、ひりひりとした。ただでさえほこりっぽい刑務所の中でこんな症状を患うと気管がやられた。言葉もうまく出てこなかったが、こっちの方は単にまともな会話を二ヵ月近くしていなかったから、単語のつなぎ方を忘れていただけだと思われた。

懲罰に伴う雑事が終わって、サクマは元の雑居房に戻った。五類に落とされた。刑務所生活において、受刑者はその態度や成績から五段階に分類される。一類が一番上で五類が一番下だ。日用品の購入の回数や面会、レクリエーションの参加回数などが類が上昇するごとに増えていく。五類は何もない。受刑者は全員三類からスタートし、半年ごとの審査で類が上がったり下がったり、据え置かれたりする。サクマは生来の突発的な衝動がために三類と四類とを行き来していた。こういうところも目に見える形で用意されているのがいい、とサクマは思っている。

房に戻ると、向井と伊地知は独居に移されて、元々いた佐藤、牧島、大貫の他に新入りの倉田というやつが加わっていた。

サクマは久しぶりに自分の寝床に戻ってこられたのがうれしかった。もうあと小一時間もすれば消灯だから、布団はすでに全員分敷かれている。倉田と大貫は胡坐をかいてかなり近い位置でテレビを見、牧島は布団の上で本を読んでいた。サクマは何をするでもなし、ただ布団に座り、脚を伸ばしてその感覚を堪能した。

佐藤がこっちに向かって来て、断ることもなくサクマの布団の端の方に腰を下ろした。両膝を抱えるようにして、身体はテレビの方へ、顔だけはサクマの方に向けて

「伊地知も懲罰食らって、んで独居に移ったよ」、と教えてくれた。

伊地知も向井もどうなろうと知ったこっちゃない。サクマは「あ、そ」となんとも気のない返事を返した。が、佐藤は話を続けた。

「おやじが、やっぱりあいつは他と一緒にできないって」

担当刑務官のことを刑務所では「おやじ」とか「おやっさん」とかいうのが習わしだ。たとえそいつが新卒ほやほやであったとしても、だ。もっとも、この房のおやじは紛うかたなきおやじだった。なんだか岩みたいな顔の、背の低いずんぐりむっくりした小野寺というのがサクマたちのおやじだ。

「独居は色々めんどくせえだろ、だからあいつが希望してて、他に空きもなかったからよ、ここにきたんだってさ。前のときも色々あったっていってたよ」

定期的な清掃や点検、雑事は基本的に房を単位にして割り振られる。頭数が多ければ多いだけ負担感は減る。独居は他人に気を遣わないから楽だし、漫画を読んでいても誰かに邪魔をされることはないしテレビのチャンネル争いもないしメシに綿埃をかけられることもない。その一方で、こういう空間だから一人でそういうことに黙々といそしむよりも、誰かといた方が気がまぎれると感じる人種が一定数いて、他に雑事の負担を低減したいという実利的な理由から雑居を希望するやつもいた。伊地知はそういうやつだったのだろう。でももういないから、そんなやつがどうなろうとサクマにしてみれば知ったこっちゃなかった。で、思った通りのことを言った。

「もういないやつなんかどうでもいいわ」

同房とは一年三百六十五日常に一緒だ。食う寝るところに作業場所、全部がこのメンバーだ。刑期が長ければ長いほどこの人間関係がやっかいなものになるが、ここにいるのは、全員刑期が八年未満で、刑期そのものとしては長くはない。サクマを除いて、多分全員身元引受人もいるだろうから仮釈放もあって、実際ここにいる期間はさらに短くなるはずだ。

佐藤が唐突にサクマの頭上をあごでしゃくった。サクマは眉間に皺を寄せて佐藤をにらむ。

「向井のかーちゃんから差し入れだとよ。本」

一瞬意味が分からなかった。サクマはただただ尻から伝わる布団の感触を楽しんでいたから、私物があることをすっかり忘れていた。それに本棚にあるのは何周したか分からない六十日以上前のジャンプ——とこれの一ページ目に挟まっている円佳からの手紙——しかないはずだ。結局、返事は出さずじまいになってしまった。あの手紙をもらってからすぐに伊地知といらぬいざこざを起こしてしまったからだ。二ヵ月以上経ってから出すのも気が引け、少し考えた末に、「忘れよう」と決めた。

それからサクマは壁の、やや高いところに備え付けてある自身の本棚のスペースを見やる。身に覚えのない、いかにも堅苦しい書名が並んでいる。

「旦那をありがとうございます、だって。向井も感謝してるっておやじも言ってたぞ」

「はあ？」

サクマは本当に意味が分からなかった。

「調査は入ったけどよ、お前があそこまでやったから助かったんだよ。おれたちも向井も。あいつ、今度は本面接らしいぜ」

おれは誰も助けてないぞ、と言い返すが、なぜか佐藤の方が照れたように笑っていた。

「まあいいけどさ、仮におれが助けたとして、なんで差し入れが本なんだよ？　本にするにしてももっとまともなチョイスあるだろ」

「ここだと小難しい本の方が気が紛れるって旦那が言ってたからって聞いたっけな」

「向井ってそんな本読んでたか？」

「知らねえけど、なんか読んではいたわな」

「おれあんなの読めねえぞ」

親指を突き立て、『歎異抄《たんにしよう》』を指し示す。佐藤は苦笑した。

私語はほとんどできないが、一切できないわけではない。例えば今なんかはそうだ。

おやじとの個別の面談でも、訊かれたこと以外をぺらぺらと話していいことなんかほとんどない。ただおやじも人間だから、受刑者の好悪がある。態度に出るタイプの刑務官もいればそうでないものもいる。自分の類に影響を及ぼすことも、仮釈の長短に現れることもあるが、とにかくどういう評価が下されているのか受刑者が分かることは——仮に出所したとて——ない。

が、そういう小ぢんまりとした面談の中で、他の受刑者についてちょっとした私語をおやじがすることはある。小野寺は、たぶん佐藤を気に入っている。というか、佐藤は無意味に誰かに嫌われたりするタイプじゃない。少なくともサクマはそういう風に思っていた。かつて同じ営業所にいた横田なんかと同じで、誰からもかわいがられて、すっと懐に入っていける、野球部のひたむきにがんばる後輩みたいな感じだ。横田は一線を越えはしないだろうが。

佐藤はまだ二十代の中頃で、ずるずると詐欺とか恐喝とかしょうもないことを繰返しているところで捕まった。拘置所や刑務所に入りたての頃、佐藤は腐っていた。あるいは極度のショック状態だった、と換言してもいいかもしれない。入所時にケツの穴まで調べ上げられ、竿と玉を医官にぞんざいに扱われ、怒鳴り散らされ、散々に先輩にかわいがられてきてそれなりのグループに所属していて、いい思いもしてきたものだからプライドがずたずたにされたのだろう。伊地知が「あいつは泣きわめいて立てなかったクチだ」とうわさを耳打ちしてきたこともあった。

狡いと思うことはある。でもそれを悪いとは、サクマは考えていなかった。こういう手合いは、なぜか意思が欠落している気がするからだ。こいつらは生きていく上で、誰の軍門に降るべきか、頭ではなく肌で感じ取る。同房になったとき、佐藤はサクマにはもちろん、他の受刑者にも変に取り繕うような真似はしなかった。そこに意思はない。だからたぶん小野寺とか、もっと別の力を体現するような人間の前では、こういう人種特有のしぐさが出るに違いあるまい。

妙な空気だな、とサクマが思ったのは、そういう佐藤が自分に対して、無意識にそのかわいげを発露させたからだった。それともおれと伊地知のケンカが、本当に義憤から行われたものだと捉えているのかもしれない。だとしたらとんだ思い違いだし、こっちからしてみればはなはだ迷惑な話だ。

サクマはそういうものをばかばかしく感じていた。要するに、男職場の噂話と同種のもので、その方向性が違うものにすぎないと考えていたのだ。これを受け入れるのは、例えば人によって尊大になったり卑屈になったりするやつと同じ行為だ、と消灯後に常夜灯を眺めながらサクマは思った。

起床の放送で始まる、きっといつか忘れるいくつもの日々のうちの一つに入るともなく入っていく。

床上げ、身辺整理、点呼、整列、号令、行進、作業。この繰り返しだ。うんざりすることの方が多い。それでも外と比べて圧倒的な利点が一つあって、これら積み上げたタスクの末に出所が待っている、ということがそれだ。決まりきった日々の末に揺るぎないゴールが存在しているというのは、外にはなかった。

サクマには、目の前の一つ一つは明確であるにもかかわらず、自分で選び取ったジョブを積み重ねるとゴールではなく破綻が待ち構えているのが不思議でならなかった。どうして自分でその末を定められないのか不思議でならなかった。この疑問が解消されることは、どうもなさそうな気がしている。

サクマは木工工場に配属されていた。ただ、これまで何か手に職をつけるタイプではなかったから特殊な工作機械などを扱うところではなく、ほとんど手でできるはめ込みの作業を割り振られていた。

三角屋根の巨大な倉庫のようなところだった。三つの区画に分かれていて、一つは工作機械を使うところ、いま一つはサクマのいる組み立てのところ、最後が仕上げのところ、という具合だ。

左右に大きめの作業台があり、受刑者は距離を空けて丸椅子に座る。中央には通路があって、前後の区画で作業をしている受刑者が、台車で工程を終えた物を持って行ったり運んできたりしている。かつていた自転車便の営業所とは全く違って、本当にどこに何があるのかが極めて明確になっている。道具の入る――全て凶器にならないよう、尖ったものや固いものはほとんどない――ラックや引き出しには必ずラベルが貼ってあり、作業の前後で、受刑者全員が一つ一つ発唱を行い、それと同時に見えるようにして手に持って掲げる。

作業中、よそ見や無駄口なんか絶対に叩けない。そんなことをしたらあっという間に懲罰だ。だから作業中は、全員が全員黙々と作業を行う。とはいえ、サクマはもとより無駄口を利くタイプではなかった。でも工場内は騒がしい。前の工程は工作機械を使うから金属とかモーターの駆動音とか振動とかがするし、台車を転がせばがらがらとこれまた振動と音が響く。割り当てられた作業が終わった者は黙って挙手をして点検を受けるが、刑務官が不備を見つければその指摘をする声が響く。

運ばれてくるのは木製の家具で、今サクマの目の前にあるのはイスだった。座面の裏側に穿たれた穴に接着剤を流し込んで四本の脚を入れ込み、同じように今度は背もたれを、という作業だった。二個作るごとに点検を受け、受かれば次の資材がまた運ばれてくるのでそれまでじっと待った。

資格なんか一つも持っていない。でも手先は割と器用な方だとは思う。ディレイラーハンガーを取り付けたりシフトワイヤーを張り替えたり変速機の調整もしてきた。バイクを新調した時はもちろん、細かなパーツでも新品に替えたり修理をしたときは気分が良かった。

営業所にいたメッセンジャーの多くは、イジったり競ったりするのに入れ込んでいたが、自分はそんなに好きじゃなかった。そういう彼らが参加する走行会やイベントに集まる自転車を趣味にする連中も多分そうなのだろうが、あいつらの言う「イジる」には「見せびらかす」が含まれている気がする。電動シフターがどうのとか空力がどうのとかレバーの引きがどうのとかいうのは心底どうでもよかった。

自分が物を直すとき、直した後に感じた高揚感は所有欲とか見栄とかいうのではなくて、これならどこまでも行ける気がする、そういう直感をもたらしてくれるからだった、と今になって思う。物が物を超えた機能を備えてくれるような。そういうのが良かった。

だから、とサクマは思う。おれはそういう意味で営業所にいた連中が言う「イジる」とは無縁だった。

サクマの前に、組み立てたばかりのイスが二つある。自分が組み立てたものだ。まだコーティングはされていないので、触れると木の質感が手を通して伝わってくる。

この二つは、一緒にか別々にかは分からないが、どこかへ行って誰かに使われる。自分のためだけに物と関わってきた。このイスがここではないところで機能しているところを思い浮かべると、途端にそれまで突き放されていた世界と接点ができた気がした。

久々にバイクをイジって走りたいと思った。

刑務官の点検を受けて、次が来るのを待った。

台車が金属音を立てながらこちらへ近づいてくる。サクマの作業台のとなりに来たところで、台車は急にバランスを崩した。透明な糸で引っ張られるみたいに、先端が明後日の方へ向いたかと思うとそのまま転がった。積み上げていた折り畳みコンテナが落ちて、部品が一面に広がる。全員が作業の手を止めて音のする方へと注視する。作業が一斉に止まると工場は妙な静けさに包まれた。隣の工場から漏れ聞こえる工作機械の作動音に交じり、「申し訳ありません」という、台車を押していた受刑者の声が響き渡る。ほとんど老人みたいな受刑者だった。あるいは、本当に七十歳とかかもしれなかった。老人は何度も同じセリフを口にしながら四方八方に頭を下げていた。

「全員作業に戻れ」

トラブルを起こした受刑者に付き添っていたおやじ――小野寺だった――は、思い出したように呼ばわる。工場に音が戻った。何事もなかったみたいに。

目の前のイスは、背もたれをこちらに向けたままいつまでも鎮座している。

「おい、早く拾ってこい」「お前これキャスター壊れてるじゃねえか」「どうすんだこれ」という小野寺の苛立った声を聞く。

自分でもよく分からないが、サクマはおもむろに手を挙げた。背後から革靴の足音が次第に近づき、「どうした」と訊きながら刑務官が横に立っている。見慣れないやつだった。別の棟で勤務しているやつかもしれない。

「あの、見てみましょうか」

小野寺とは全然違った。自分よりずっと若い刑務官で、大学生みたいだった。無理していかめしい顔を作っているのがなんとなく分かった。下唇を突き出し、しばらく悩んだ末にサクマのわきの下に腕を通して横倒しになった台車のところへと連れ立った。

小野寺が手伝ったのか、いつの間にかイスの部品は全てコンテナに戻されており、通路の脇に置かれていた。

サクマはしゃがみ込んで台車の裏を眺めた。四つついているうちの一つのキャスターが外れていた。誰が見ても明らかだった。キャスターは、四つのボルトで台車の裏側に固定されていたが、緩んでいたのか、そのうち二つがどこかへ飛んでいて、残りの二本もかろうじてくっついているという状態であった。

背中が変に熱を持っている。刑務官の視線が注がれているのが分かった。

小野寺もサクマと同じことに気が付いたらしく、「全員手を止めろ、キャスターのボルトを探せ」と全体に命じた。

工具や特殊な工作機械はもちろんのこと、小さなボルト一本だって失くすわけにはいかない。凶器にもなり得るし、せっせと房の壁や床に穴をあける馬鹿がいるかもしれないからだ。作業の前後には必ず身体検査が行われるが、飲み込んだりケツの穴にねじ込もうものならもう分からない。そういうことで、受刑者たちは一斉に床にはいつくばってボルトを探し、しかしあっけなくその二つは見つかった。サクマの作業台の一つ前の台からだった。

ボルトをサクマに手渡すと、面倒くさそうに「さっさと締めなおして作業に戻れ」と小野寺が言う。

サクマは手元にある二つのボルトを見ながら、ぼそりとつぶやくように言った。

「これピッチが違います」

言ってから顔を上げ、人差し指と中指と薬指で以て二本のボルトを、かぎづめみたいにして差し出す。若い刑務官はどうしたものかと悩みぬいた末に、無意味に胸を張って腕組みをして黙った。

「わからん」

小野寺がしゃがみ込んでサクマの掲げたボルトをまじまじと見つめる。

「これ、どっちもM12ですけど、ピッチが違います」

「はあ?」

「ねじ山の距離のことです」

「お前、見ただけでわかるのか」

「なんとなくは」

自転車を散々イジってきたから、ボルトと工具には詳しかった。すぐに隣の工場から工具類と大量のボルト——とはいえ、しっかりとサイズごとに小分けにされてケースに入っていたが——が運ばれてきた。

「十九お願いします」

サクマはしゃがみ込んだまま作業に取り掛かった。

「十九ってなんだ」

「あ、いや、スパナのサイズです」

小野寺はサクマに背を向けて工具箱を漁り始めた。ベルトに贅肉が乗っかっていた。

覗き込むようにしてサクマはその様子を見守り、「それです」、とここぞという時に声を上げた。

小野寺は曖昧に頷き、言われるがままスパナを手渡した。

自転車は六角がよく使われていたから、対応表を見ているうちに関係ないものも目に入り、自然と覚えた。ホームセンターやネットで違う種類のボルトを買ってしまうこともあって、さらに詳しくなった。こういう技術は、それこそ自転車に乗るのと同じで一度覚えたらなかなか忘れられないらしい。サクマは慣れた手つきでキャスターを直して、他の脚回りも増し締めをしてやった。本当は注油までしたかったが、あいにく油はなかった。

「お、終わったならいいぞ、戻って」

こういう空間にいると、挙動や短い言葉の端々でそいつの感情がなんとなく分かることがある。いざこざになることもあるし、そうじゃないこともある。今、悪い気はしていない。

休憩を知らせる放送が鳴って、刑務官の指示のもと、サクマたちは一斉に席を立ちあがるや否や中央の通路へ整列を始める。目の前の受刑者の後頭部を一心に見つめる。

房に戻ってきて感じた妙な感じは、昼食時に確信に変わった。

受刑者が行う作業の中には、食事に関するものもあって、ここに所属する連中の機嫌を損ねるとメシを減らされたり味付けの失敗したものや焦げたものを配膳されてしまう。一方で、例えば暴力団の上の方の人間とか利害関係が一致しているときとか便宜を図ってもらおうとするときなどにメシの量が増えたりする。受刑者のメシは全て身長で決まる。作りすぎることも少なすぎることもない。キッチリ目盛り通りに配膳されるということは、誰かのものが増えれば誰かのものが減るということだ。そもそもこの中では個人でメシのやりとりをすることも残すことも許されない。それは規則違反だ。

配膳は、だから房毎に行われ、自分のテーブルに来たそれを見たとき明らかに量がおかしいことにサクマは気づいた。

おかもちに五人分の盆が入っており、佐藤が席に着くと同房の目の前にメシを置いて回る。サクマはメシを見て、「間違ってる」、と思った。それまで目の前を見つめていたのだが、つい佐藤と視線で言葉なく会話をした。サクマは目を開いて佐藤を見つめる。佐藤は、しかし口角を小さく、一瞬釣りあげてちょろっと舌を出して引っ込めた。

「おい」

刑務官の声が飛び、サクマはすぐに視線をまた正面に戻した。

確信に変わったのはこのときだった。五十日の懲罰、調査も含めると、多分二ヵ月と少し。その間に、自分に関する妙な噂が広まってこうなったのだと分かった。

サクマにしてみれば、本当にただ頭にきて伊地知を殴ったり噛みついたりしただけで、向井を守ろうという意図はこれっぽっちもなかった。ただ伊地知が向井にしてきた行為にもムカついていて、そういうのが蓄積されてあの行動になっただけだ。

この場で声を上げてもいい、とすら思った。ただ懲罰はもう受けたくない。自分の中で綱引きをし、とりあえず今は黙ってメシを食うことにした。

元来が食い物に無頓着だから、量にも味にも、これまで文句をつけたことがなかった。でもこれは違う。何が違うのかはっきりとは言えないが、とにかくおれのしたことと結果がブツ切れになってる、と味の薄い味噌汁を飲みながら思った。

午後の作業が終わり、房に戻ってから佐藤に今一度説明をしたが、やはり額面通りには受け取ってはくれなかった。

刑務所のいいところは大体が分かりやすいことだ。でも悪いところもある。刑務所特有の悪いこともあれば、世間と共通の悪いこともある。この靄のように手触りがなくてどういう風に広がったか分からない人間関係とか人間に対する一方的な評価とかがそれだ。一度広がるともう自分ではどうしようもない。今にして思えば、これに順応することがまずちゃんとすることの第一歩だったのかもしれない。

時間の長短の別はあれど、認めがたいことがあったとき必ずどこかで暴発していた。刑務所は制度がそれを許さない。サクマは身を以てあの罰の苦しさを知っていたので、ここへきて初めて罰を受けることの恐ろしさを味わった気がした。罰は受けている瞬間や受けた後なんかよりも、次受けるかもしれないというのが一番怖いのだ。

外にいたときに感じた「おまえもこうなるぞ」という強迫観念と罰が持つ抑止力とは多分同質のものだ。そういうことで、サクマはようやく仕組みに順応することができた。

ひと月、ふた月と経つうちに、結局メシの量は元に戻った。ある日突然元に戻ったんではなくて、いつだかに社員といざこざを起こしてシフトを減らされた時みたいに、だんだんと減っていった。

こだわっていたのがバカみたいだった。周りの連中も、相当に忘れっぽかったのだ。

味にも量にも文句を言う質ではなかったし、元々が勘違いから始まったことなので、妙な寂しさを感じつつも安堵した。

しばらくしてから配置換えをされた。小野寺の采配だった。

同じ木工工場ではあったが、電鋸やノギスを使ってミリ単位で木材を加工する部署だ。覚えることが山のようにあって、工具の使い方を誤って激烈な指導を受けることもあった。やりがいとは少し違う。目の前に差し出されるタスクの量が自分を圧倒していたから、集中しなければならなかったのだ。一方で、そのタスクが自分の色を抜いてくれるような感じは良かった。

点呼から始まる似たり寄ったりの日々だが、どれもこれもいずれは忘れてしまってその前後も分からなくなってしまうのだろうが、どうも全く同じではなさそうだった。

相変わらずメシやチャンネル権のことでいらぬ衝突があったし、これに伴って類を落とされることもあった。でもどれをとっても全く同じ一日というのはなかった。

一つの機械に習熟すると、また次の新しい機械や工具という風に扱うものが増えていった。他の受刑者に取り扱い要領だとかを教える役回りを振られることもあった。時たまある小野寺との面接では「そこそこやれてるみたいだな」と労いの言葉——滅多に受刑者をほめるようなことをしない彼が持つ、数少ない表現のうちの一つ——をかけてもらえることもあった。

そういう日々だったので、自然一日の終わりは全身に疲れが回っている。

変わったことを認める、と言っていた向井の言葉が不意に思い出される。床に就き、まどろんでいた時だった。目を閉じているはずなのに、妙に瞼の裏が白っぽく、いつもの衝動にどこか似ていた。自分が無くなっていくときのあの感じだ。力が湧いてくるのが分かる。自分はこれを押しとどめよう押しとどめようとしていたが、付き合っていくこともできたのではないだろうか、と急に思えた。もしまだ間に合うなら、と願ってみたときに、変わるということと認めることの近さに思いをいたした。

自分はずっと遠くに行きたかった。今もそのように思っている。ここで感じる不快感と安心感は両立している。この先どうなるかということ——つまりは刑期が満了したら外に出られるということ——がここでは担保されており、その保証が安心と不快を伴っていたのだ。今まで気が付かなかったのが不思議なくらいだ。十年先、二十年先、自分が死ぬその瞬間までが全て決められていたら不愉快に決まっている。安心だが不愉快だ。こういうのが許されるのは刑務所だからだ。刑務所は制度だ。制度だけが未来を確たるものとして示すことができる。自分は遠くに行きたいと願いながら、一方で制度を希求していた。自転車を駆って走り回って他愛のない会話を円佳とし、泥のように眠った日々は特別な日ではなかったけれども、同じような日々と断じてはいたけれども、ちょっとずつ違っていた。パンクをすることもあったし、落車して自転車をぶっ壊すこともあった。その日の朝、自分は「今日はきっとベンツのせいで落車して自転車を壊す」と知らなかった。明日が分からないということ、昨日と似てはいてもやっぱり今日と明日は違うということはむしろ当然であって、そういう日々を放って一生担保された塀無き刑期を本当は欲しくもないのに求めていた。だから身体と頭がおかしくなった。捕まった日の朝、おれは「今日捕まる」とは一度も考えなかった。向井は軽自動車で一晩明かした時、捕まる瞬間を考えたかもしれない。でも捕まるかどうかは絶対に断言できなかったはずだ。なぜならその時になるまで誰にもそんなことは分からないからだ。至極当たり前のことに気が付けて、妙な温かみが広がっていくのが分かった。血のように温かい。

視線の先には、壁から伸びる本棚の底面が見える。向井の女房から差し入れてもらった本は、結局開けずじまいだ。手に取ってすらいない。この後取るかも分からない。でもちゃんとそのメッセージは受け取った。

どうなるかは誰にも分からない。それでいい。

「忘れよう」と決めた円佳からの手紙は、その隣に、ジャンプの一ページ目に挟んだままだ。

解説

ちゃんとしていない世界の地図で

倉本さおり（書評家）

まだ若い、という周囲からの言葉と無限にあるように思える時間に胡座《あぐら》をかいている間にどんどん色々な物が錆びついてそう遠くないうちにのっぴきならない状況に追い込まれるかもしれない、とサクマは肌で感じる。（中略）でもその最後の瞬間が確実に来ると分かっていても、こっちに対抗する手立てがないなら一体どうすればいいんだ？（p.22）

小説は、ときに未来をするどく予見してみせる。

本作「ブラックボックス」でみごと芥川賞を受賞した砂川文次もまた、そうした小説を書いてしまう稀有《けう》な作家のひとりだ。

たとえばコロナ禍以前に執筆された中篇「臆病な都市」（二〇二〇年講談社刊）では、正体不明の感染症の噂をめぐって場当たり的な対応をくりかえす行政と、管理されることを自ら望んでしまう市民の実態が描かれており、二〇二〇年三月の発表当時から現在に至る社会の混迷をいち早く告げていた。二〇二〇年八月に発表された中篇「小隊」（二〇二一年文藝春秋刊、のち文春文庫）では、ロシア軍と自衛隊がわけもわからず臨戦態勢に突入した状況がおそろしくリアルに描写されていく。その末端でくりひろげられる戦闘の不毛かつ陰惨なありようは、まさに二〇二二年二月に始まったウクライナ侵攻の内実と重なるものだろう。

だが砂川はけっして世界を見おろさない。預言者のように運命を俯瞰《ふかん》して描くようなまねはしない。彼の小説のまなざしは、つねに「只中を生きている人」の視点と同期される。ごく限られた視界のなかで、どうにかこうにかやっていくしかない人びとが喘ぎながら進む姿——その群像を緻密にすくいとっていく手つきの真剣さが、胡乱《うろん》な現実の向こう側にあるものにふっと届いてしまうのだ。

本作の主人公・サクマは漠然とまとわりつく不安にもがいている三十手前の男だ。現在は有能なバイシクルメッセンジャーとして生計をたてている。自分で手入れした自転車にまたがり、無線で指示を受けるや否や都内の各エリアにちらばるオフィスやスタジオに瞬時に駆けつけ、書類やデータ等の預かり物を指定の場所まで届ける、その繰り返し——完全歩合制の委託契約で、走れば走るだけ実入りがあるシンプルな業務体系はサクマの性に合っているものの、事故に遭ったり体を壊したりした場合も基本的には「自己責任」で片付けられ、補償はほとんど期待できない。かといって、学生生活をドロップアウトして飛びこんだ自衛隊も不動産の営業職も短期間で投げだしてしまっただけに、他に続けられそうな仕事も思いつかない。

ある日、メッセンジャーあがりの所長である滝本から正規雇用の話を持ちかけられる。いつものように踏ん切りがつかず断ったサクマだったが、同棲相手の円佳《まどか》から妊娠を告げられたことを機にあらためて滝本に問いあわせた際、ちょっとした感情のいきちがいから軋轢《あつれき》が生じてしまう。結果的にシフトを大きく減らされたサクマの焦りは空転し、やがて取り返しのつかない過ちを犯す。

　唐突に頭の中で何かが白く爆《は》ぜた。身体に溜まっていたのは絵具ではなく、きっと可燃性のものだった。火が付いたら止められない。(p.13)

感情や衝動をうまくコントロールできないサクマの物語は、いつもどこかきな臭さを漂わせており、暴発の予兆が頭をもたげるたびに読者はひやひやさせられることになる。だが、そうした際にサクマがペダルを踏み抜いてしまうのは「恐怖に対する拒否反応」でもあるのだ。

冒頭、後ろから追い抜いてきたベンツに進路を塞がれ落車する場面は象徴的だろう。大型トラックが横すれすれをかすめていく危険な車道の上で、サクマの身を守るものといえば五百グラムそこそこの軽量化されたヘルメットのみ。雨が降れば走行時の危険が増すのはもちろん、ずぶ濡れの体をやすめられるような場所も用意されていない。

かといってコンクリ造りのオフィスの中にいる勤め人に転じる未来も想像できない。彼らの「ちゃんとした」姿は、帰り道に住宅街のどこからともなく漂ってくるカレーや煮物の匂いにも似ていてサクマの胸をいやおうなく掻きたてるのに、彼らが実際に何をしているのか——具体的に何をどうすれば「ちゃんとした」ものに手が届くのか、サクマには見当もつかないのだ。

ブラックボックスだ。昼間走る街並みやそこかしこにあるであろうオフィスや

> 倉庫、夜の生活の営み、どれもこれもが明け透けに見えているようでいて見えない。張りぼての向こう側に広がっているかもしれない実相に触れることはできない。(p.64)

見えているようで見えない。作中に登場するそのフレーズは、タイトルの謂《い》いであり、私たちが生きる社会のありようを示すものだろう。

サクマの目を通じて描かれる街の日常は、濡れたシューズの音がいやに大きく響くコンビニの店内をはじめ、細部の質感まで明瞭で鮮やかな一方、つめたく不穏な「分からなさ」がそこここに横たわっている。たとえばサクマは学校でも職場でも、細々とした指示やマニュアルを耳にすると「急に意味がばらばらになったような感覚に襲われ、何を言っているのか本当に分からなくなる」ときがある。「三枚複写の保険の申し込み用紙」(!)をはじめ「雇用とか被用者とか期間の算定みたいな単語」(!!)の並んだ書類を見るたび目が滑って何も考えられなくなってしまうのだ。程度の差こそあれ、現実の社会生活のなかでこうした煩雑きわまりない事務作業に適応できず、むやみに消耗してしまう人は想像以上に多い。

そして、突然家までやってきた税務署の調査官が唱える言葉の意味がサクマにはさっぱり理解できないように、スーツ姿で歩道の上を歩いてきた彼らの目にもまた、サクマの生活の実態は見えていない。物語の中盤、なんの説明もなく景色が一変するとき、読者は突然振り落とされたような感覚を味わうはずだ。けれどそのときに生じる混乱や困惑は、過度に複雑化した社会のしくみやルールに対し、限られた視野しか持ち得ない人びとがずっと抱いてきたものでもある。

見えているようで見えない――互いの生の実相に触れることができない社会が向かう先とはどんなものか。

前述の「小隊」は、そうしたテーマに最も先鋭的なかたちで肉薄した作品だろう。北海道・釧路でロシアの兵団と睨《にら》みあいの膠着状態に陥った自衛隊の小隊長・安達の視点から綴られる物語――ややもすれば戦争というモチーフ自体の特殊性に目が奪われがちだが、そこに書きつけられている問題意識は、まさに本作で描かれる「見えなさ」や「分からなさ」と根底でつながっている。たとえば、あらゆる計画に伴う決断は組織内でたらい回しにされ、肝心の情報が末端まで――つまりは最前線で事に当たらねばならない安達のような人間にまで降りてくる頃には意志決定の余白など奪われている。塹壕のなかで無邪気にパズドラやTwitterを恋しがっている他の隊員にせよ、避難勧告に従わずそれまでどおりの生活を続けるシングルマザーにせよ、その場の現実を生きる誰もがこの状況の危うさを適切に見積もることなどできていない。砲撃によって地形が跡形もなく変わり果てるのをまのあたりにした安達が、事前に何度も確認したはずの現在地を見失うくだりは示唆的だ。彼らはこの現実に即した正しい地図などあらかじめ持たされていないのだ。

作中で描かれている「見えなさ」／「分からなさ」はそれだけではない。戦闘開始の予定を直前になって聞かされた安達を含めた隊の幹部たちは当然のことながら動揺したそぶりを見せるが、実際に安達の目に映っているのは、全員揃って緑と茶のドーランを塗りたくった化粧面にすぎない。そこでは個々人が抱えているはずの複雑な機微に触れる機会は与えられない。安達が予期せぬタイミングで生身の兵士と会敵する場面は、そうした物事の歪《ゆが》みが集約されたものといえるだろう。忽然と目の前に現れたその男は安達たちと同様、目深に被った鉄帽とドーランのために瞳の色すら判然としない。それでも安達は、自分とは違う迷彩服や装備品を身につけているという理由で即座に「敵」と判断し引き金に手をかける。「人」を殺したという手応えは最後まで得られないまま。

人ではなく、あくまで階級という記号に紐《ひも》づいた組織の行動原理に象徴されるように、描かれているのは管理者不在の巨大なシステムのなかで個々の生が無為に使い捨てられていく姿だ。そのありようは、自己責任の名のもとに人びとが摩耗していく目下の社会の行きつく果てでもある。

砂川文次は自衛官だったときに書き上げた中篇「市街戦」（『戦場のレビヤタン』所収、二〇一九年文藝春秋刊、のち『小隊』と合本される形で文春文庫）で二〇一六年の文學界新人賞を受賞しデビューした異色の経歴を持つ作家だ。演習場に向かって行軍中の自衛隊幹部候補生が、回想と現実を行き来するうちに東京・吉祥寺での戦闘を幻視する――小説の勘所は選評で吉田修一が指摘したとおり、必死で任務を遂行する隊員たちとつつがなく日常を送る市民たちの姿が「同列で、かつ同じ額縁に入った世界として語られた」点だろう。そこには現実の見え方と実感をめぐるアクチュアルな問いが潜んでいる。

砂川文次がこれまでの小説で――「只中を生きている人」の視界を通じて懸命にすくいとろうとしてきたのは、生身の人間を置き去りにして爛熟したシステムのなかで、それでも「生きる」という猥雑な営みの軌跡がしぶとくたちのぼる瞬間だ。それは、人の生が記号と化す過程に抗う力だと言い換えることもできるだろう。

サクマの物語は予期せぬかたちで暗転し、疾走する日々は断ち切られるが、待ち受けているのはけっして「ゴール」でもなければ人生の終焉を意味するものでもない。それまでやみくもにペダルを漕ぎ、誰に命じられたわけでもないのに回転数を上げるのに躍起になっていたサクマは、皮肉にも「罰」として与えられた時間のなかで初めて立ち止まって考える機会を得る。サクマの淡白な生活風景の一部でしかなかった円佳の輪郭が後半になってにわかに濃くなっていくのは、「繰り返し」だと思っていた日々にささやかな愛着や達成感のような変化がわずかながらでも積み上げられていたことに――つまりは「どれをとっても全く同じ一日というのはなかった」ことにサクマがようやく気づくからだ。

「ずっと遠くに行きたかった。今も行きたいと思っている」。作中で何度も繰り返されるそのフレーズが終幕近くで異なる響きを伴って現れたとき、読者は自分の手足を取り戻したような感覚を覚えるだろう。そのとき、「分からなさ」は「希望」という文字へとしずかに反転してみせるのだ。

本書は小社より二〇二二年一月に刊行されました。

|著者| 砂川文次　1990年大阪府生まれ。神奈川大学卒業。元自衛官。2016年「市街戦」で第121回文學界新人賞を受賞。2022年「ブラックボックス」(本作)で第166回芥川龍之介賞を受賞。著書に『戦場のレビヤタン』『臆病な都市』『小隊』がある。

ブラックボックス
砂川文次《すなかわぶんじ》

講談社文庫
定価はカバーに
表示してあります

2024年2月15日第1刷発行

発行者――森田浩章
発行所――株式会社　講談社
東京都文京区音羽2-12-21　〒112-8001
電話　出版 (03) 5395-3510
　　　販売 (03) 5395-5817
　　　業務 (03) 5395-3615

KODANSHA

デザイン―菊地信義
本文データ制作―講談社デジタル製作
印刷―――株式会社KPSプロダクツ
製本―――株式会社国宝社

Printed in Japan

ISBN978-4-06-534743-0

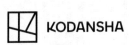

講談社文庫刊行の辞

二十一世紀の到来を目睫に望みながら、われわれはいま、人類史上かつて例を見ない巨大な転換期をむかえようとしている。

世界も、日本も、激動の予兆に対する期待とおののきを内に蔵して、未知の時代に歩み入ろうとしている。このときにあたり、創業の人野間清治の「ナショナル・エデュケイター」への志を現代に甦らせようと意図して、われわれはここに古今の文芸作品はいうまでもなく、ひろく人文・社会・自然の諸科学から東西の名著を網羅する、新しい綜合文庫の発刊を決意した。

激動の転換期はまた断絶の時代である。われわれは戦後二十五年間の出版文化のありかたへの深い反省をこめて、この断絶の時代にあえて人間的な持続を求めようとする。いたずらに浮薄な商業主義のあだ花を追い求めることなく、長期にわたって良書に生命をあたえようとつとめるところにしか、今後の出版文化の真の繁栄はあり得ないと信じるからである。

同時にわれわれはこの綜合文庫の刊行を通じて、人文・社会・自然の諸科学が、結局人間の学にほかならないことを立証しようと願っている。かつて知識とは、「汝自身を知る」ことにつきていた。現代社会の瑣末な情報の氾濫のなかから、力強い知識の源泉を掘り起し、技術文明のただなかに、生きた人間の姿を復活させること。それこそわれわれの切なる希求である。

われわれは権威に盲従せず、俗流に媚びることなく、渾然一体となって日本の「草の根」をかたちづくる若く新しい世代の人々に、心をこめてこの新しい綜合文庫をおくり届けたい。それは知識の泉であるとともに感受性のふるさとであり、もっとも有機的に組織され、社会に開かれた万人のための大学をめざしている。大方の支援と協力を衷心より切望してやまない。

一九七一年七月

野間省一

講談社文庫 最新刊

伊集院 静　それでも前へ進む
出会いと別れを紡ぐ著者からのメッセージ。六人の作家による追悼エッセイを特別収録。

桃野《もも の》雑派《ざっ ぱ》　老虎残夢
孤絶した楼閣で謎の死を迎えた最愛の師父。特殊設定×本格ミステリの乱歩賞受賞作！

大山淳子　猫は抱くもの
ねこすて橋の夜の集会にやってくる猫たちと人のつながりを描く、心温まる連作短編集。

砂川文次　ブラックボックス
職を転々としてきた自転車便配送員のサクマ。言い知れない怒りを捉えた芥川賞受賞作。

西尾維新　悲亡伝
人類の敵「地球」に味方するのは誰だ。新任務が始まる——。〈伝説シリーズ〉第七巻。

熊谷達也　悼みの海
東日本大震災で破壊された東北。半世紀後の復興と奇跡を描く著者渾身の感動長編小説！

講談社タイガ
阿津川辰海　黄土館の殺人
地震で隔離された館で、連続殺人が起こる。きっかけは、とある交換殺人の申し出だった。

講談社文芸文庫

加藤典洋
人類が永遠に続くのではないとしたら
解説＝吉川浩満　年譜＝著者・編集部
かつて無限と信じられた科学技術の発展が有限だろうと疑われる現代で人はいかに生きていくのか。この主題に懸命に向き合い考察しつづけた、著者後期の代表作。
かP8
978-4-06-534504-7

鶴見俊輔
ドグラ・マグラの世界／夢野久作　迷宮の住人
解説＝安藤礼二
忘れられた長篇『ドグラ・マグラ』再評価のさきがけとなった作品論と夢野久作の来歴ならびにその作品世界の真価に迫る日本推理作家協会賞受賞の作家論を収録。
つJ2
978-4-06-534268-8

講談社文庫 目録

芥川龍之介 藪の中
有吉佐和子 新装版 和宮様御留
阿刀田 高 ナポレオン狂
阿刀田 高 新装版 ブラック・ジョーク大全
安房直子 春の窓〈安房直子ファンタジー〉
相沢忠洋 「岩宿」の発見〈幻の旧石器を求めて〉
赤川次郎 偶像崇拝殺人事件
赤川次郎 人間消失殺人事件
赤川次郎 三姉妹探偵団
赤川次郎 三姉妹探偵団2〈キャンパス篇〉
赤川次郎 三姉妹探偵団3〈珠美・初恋篇〉
赤川次郎 三姉妹探偵団4〈怪奇篇〉
赤川次郎 三姉妹探偵団5〈復讐篇〉
赤川次郎 三姉妹探偵団6〈危機一髪篇〉
赤川次郎 三姉妹探偵団7〈駈け落ち篇〉
赤川次郎 三姉妹探偵団8〈人質篇〉
赤川次郎 三姉妹探偵団9〈青ひげ篇〉
赤川次郎 三姉妹探偵団10〈父恋し篇〉
赤川次郎 死が小径をやってくる〈三姉妹探偵団11〉

赤川次郎 死神のお気に入り〈三姉妹探偵団12〉
赤川次郎 次女と野獣〈三姉妹探偵団13〉
赤川次郎 心地よい悪夢〈三姉妹探偵団14〉
赤川次郎 ふるえて眠れ、三姉妹〈三姉妹探偵団15〉
赤川次郎 三姉妹、呪いの道行〈三姉妹探偵団16〉
赤川次郎 三姉妹、初めてのおつかい〈三姉妹探偵団17〉
赤川次郎 恋の花咲く三姉妹〈三姉妹探偵団18〉
赤川次郎 月もおぼろに三姉妹〈三姉妹探偵団19〉
赤川次郎 三姉妹、ふしぎな旅日記〈三姉妹探偵団20〉
赤川次郎 三姉妹、清く貧しく美しく〈三姉妹探偵団21〉
赤川次郎 三姉妹と忘れじの面影〈三姉妹探偵団22〉
赤川次郎 三姉妹、舞踏会への招待〈三姉妹探偵団23〉
赤川次郎 三人姉妹殺人事件〈三姉妹探偵団24〉
赤川次郎 三姉妹、さびしい入江の歌〈三姉妹探偵団25〉
赤川次郎 三姉妹、恋と罪の峡谷〈三姉妹探偵団26〉
赤川次郎 静かな町の夕暮に
赤川次郎 キネマの天使〈レンズの奥の殺人者〉
新井素子 グリーン・レクイエム〈新装版〉
安能務 訳 封神演義 全三冊

安西水丸 東京美女散歩
綾辻行人 殺人方程式〈切断された死体の問題〉
綾辻行人 鳴風荘事件 殺人方程式II
綾辻行人 十角館の殺人〈新装改訂版〉
綾辻行人 水車館の殺人〈新装改訂版〉
綾辻行人 迷路館の殺人〈新装改訂版〉
綾辻行人 人形館の殺人〈新装改訂版〉
綾辻行人 時計館の殺人〈新装改訂版〉
綾辻行人 黒猫館の殺人〈新装改訂版〉
綾辻行人 暗黒館の殺人 全四冊
綾辻行人 びっくり館の殺人
綾辻行人 奇面館の殺人(上)(下)
綾辻行人 どんどん橋、落ちた〈新装改訂版〉
綾辻行人 緋色の囁き〈新装改訂版〉
綾辻行人 暗闇の囁き〈新装改訂版〉
綾辻行人 黄昏の囁き〈新装改訂版〉
綾辻行人 人間じゃない〈完全版〉
綾辻行人ほか 7人の名探偵
我孫子武丸 探偵映画

講談社文庫　目録

我孫子武丸　新装版 8の殺人
我孫子武丸　眠り姫とバンパイア
我孫子武丸　狼と兎のゲーム
我孫子武丸　新装版 殺戮にいたる病
我孫子武丸　修羅の家
有栖川有栖　ロシア紅茶の謎
有栖川有栖　スウェーデン館の謎
有栖川有栖　ブラジル蝶の謎
有栖川有栖　英国庭園の謎
有栖川有栖　ペルシャ猫の謎
有栖川有栖　幻想運河
有栖川有栖　マレー鉄道の謎
有栖川有栖　スイス時計の謎
有栖川有栖　モロッコ水晶の謎
有栖川有栖　インド倶楽部の謎
有栖川有栖　カナダ金貨の謎
有栖川有栖　新装版 マジックミラー
有栖川有栖　新装版 46番目の密室
有栖川有栖　虹果て村の秘密

有栖川有栖　闇の喇叭《らっぱ》
有栖川有栖　真夜中の探偵
有栖川有栖　論理爆弾
有栖川有栖　名探偵傑作短篇集 火村英生篇
浅田次郎　勇気凜凜ルリの色
浅田次郎　霞町物語
浅田次郎　ひとは情熱がなければ生きていけない〈勇気凜凜ルリの色〉
浅田次郎　シェエラザード(上)(下)
浅田次郎　歩兵の本領
浅田次郎　蒼穹の昴　全四巻
浅田次郎　珍妃の井戸
浅田次郎　中原の虹　全四巻
浅田次郎　マンチュリアン・リポート
浅田次郎　天子《てんし》蒙塵《もうじん》　全四巻
浅田次郎　天国までの百マイル
浅田次郎　地下鉄《メトロ》に乗って〈新装版〉
浅田次郎　おもかげ
浅田次郎　日輪の遺産〈新装版〉
青木　玉　小石川の家

天樹征丸 画・さとうふみや　金田一少年の事件簿 小説版〈オペラ座館・新たなる殺人〉
天樹征丸 画・さとうふみや　金田一少年の事件簿 小説版〈雷《いかずち》祭殺人事件〉
阿部和重　アメリカの夜
阿部和重　グランド・フィナーレ
阿部和重　ABC〈阿部和重初期作品集〉
阿部和重　ミステリアスセッティング
阿部和重　IP/NN 阿部和重傑作集
阿部和重　シンセミア(上)(下)
阿部和重　ピストルズ(上)(下)
阿部和重　アメリカの夜 インディヴィジュアル・プロジェクション〈阿部和重初期代表作Ⅰ〉
阿部和重　無情の世界 ニッポニアニッポン〈阿部和重初期代表作Ⅱ〉
甘糟りり子　産む、産まない、産めない
甘糟りり子　産まなくても、産めなくても
赤井三尋　翳《かげ》りゆく夏
あさのあつこ　NO.6〔ナンバーシックス〕#1
あさのあつこ　NO.6〔ナンバーシックス〕#2
あさのあつこ　NO.6〔ナンバーシックス〕#3
あさのあつこ　NO.6〔ナンバーシックス〕#4
あさのあつこ　NO.6〔ナンバーシックス〕#5

あさのあつこ　NO.6〔ナンバーシックス〕#6
あさのあつこ　NO.6〔ナンバーシックス〕#7
あさのあつこ　NO.6〔ナンバーシックス〕#8
あさのあつこ　NO.6〔ナンバーシックス〕#9
あさのあつこ　NO.6beyond〔ナンバーシックス・ビヨンド〕
あさのあつこ　待ってる〈橘屋草子〉
あさのあつこ　さいとう市立さいとう高校野球部(上)(下)
あさのあつこ　甲子園でエースしちゃいました〈さいとう市立さいとう高校野球部〉
あさのあつこ　おれが先輩？〈さいとう市立さいとう高校野球部〉
阿部夏丸　泣けない魚たち
朝倉かすみ　肝、焼ける
朝倉かすみ　好かれようとしない
朝倉かすみ　ともしびマーケット
朝倉かすみ　感応連鎖
朝倉かすみ　たそがれどきに見つけたもの
朝比奈あすか　憂鬱なハスビーン
朝比奈あすか　あの子が欲しい
天野作市　気高き昼寝
天野作市　みんなの旅行
青柳碧人　浜村渚の計算ノート
青柳碧人　浜村渚の計算ノート 2さつめ〈ふしぎの国の期末テスト〉
青柳碧人　浜村渚の計算ノート 3さつめ〈水色コンパスと恋する幾何学〉
青柳碧人　浜村渚の計算ノート 3と1/2さつめ〈ふえるま島の最終定理〉
青柳碧人　浜村渚の計算ノート 4さつめ〈方程式は歌声に乗って〉
青柳碧人　浜村渚の計算ノート 5さつめ〈鳴くよウグイス、平面上〉
青柳碧人　浜村渚の計算ノート 6さつめ〈パピルスよ、永遠に〉
青柳碧人　浜村渚の計算ノート 7さつめ〈悪魔とポタージュスープ〉
青柳碧人　浜村渚の計算ノート 8さつめ〈虚数じかけの夏みかん〉
青柳碧人　浜村渚の計算ノート 8と2分の1さつめ〈つるかめ家の一族〉
青柳碧人　浜村渚の計算ノート 9さつめ〈恋人たちの必勝法《マーチンゲール》〉
青柳碧人　浜村渚の計算ノート 10さつめ〈ラ・ラ・ラ・ラマヌジャン〉
青柳碧人　霊視刑事夕雨子《ゆうこ》1〈誰かがそこにいる〉
青柳碧人　霊視刑事夕雨子2〈雨空の鎮魂歌《レクイエム》〉
朝井まかて　花《はな》競《くら》べ〈向嶋なずな屋繁盛記〉
朝井まかて　ちゃんちゃら
朝井まかて　すかたん
朝井まかて　ぬけまいる
朝井まかて　恋歌
朝井まかて　阿《お》蘭《らん》陀《だ》西《さい》鶴《かく》
朝井まかて　藪《やぶ》医《い》ふらここ堂
朝井まかて　福袋
朝井まかて　草々不一
歩《あゆみ》りえこ　ブラを捨て旅に出よう〈貧乏乙女の“世界一周”旅行記〉
安藤祐介　営業零《ぜろ》課《か》接待班
安藤祐介　被取締役《とりしまられやく》新入社員
安藤祐介　おい！山田〈大翔製菓広報宣伝部〉
安藤祐介　宝くじが当たったら
安藤祐介　一〇〇〇ヘクトパスカル
安藤祐介　テノヒラ幕府株式会社
安藤祐介　本のエンドロール
青木理　絞首刑
麻見和史　石の繭〈警視庁殺人分析班〉
麻見和史　蟻《あり》の階段〈警視庁殺人分析班〉
麻見和史　水晶の鼓動〈警視庁殺人分析班〉
麻見和史　虚空の糸〈警視庁殺人分析班〉
麻見和史　聖者の凶数〈警視庁殺人分析班〉
麻見和史　女神の骨格〈警視庁殺人分析班〉

麻見和史　蝶の力学〈警視庁殺人分析班〉
麻見和史　雨色の仔羊〈警視庁殺人分析班〉
麻見和史　奈落の偶像〈警視庁殺人分析班〉
麻見和史　鷹《たか》の砦《とりで》〈警視庁殺人分析班〉
麻見和史　凪《なぎ》の残響〈警視庁殺人分析班〉
麻見和史　天空の鏡〈警視庁殺人分析班〉
麻見和史　賢者の棘《とげ》〈警視庁殺人分析班〉
麻見和史　深紅の断片〈警防課救命チーム〉
麻見和史　邪神の天秤〈警視庁公安分析班〉
麻見和史　偽神の審判〈警視庁公安分析班〉
有川　浩　三匹のおっさん
有川　浩　三匹のおっさん ふたたび
有川　浩　ヒア・カムズ・ザ・サン
有川　浩　旅猫リポート
有川ひろ　アンマーとぼくら
有川ひろ ほか　ニャンニャンにゃんそろじー
荒崎一海　門前仲町〈九頭竜覚山 浮世綴㈠〉
荒崎一海　蓬萊橋雨景〈九頭竜覚山 浮世綴㈡〉
荒崎一海　寺町哀感〈九頭竜覚山 浮世綴㈢〉
荒崎一海　小《お》名《な》木《き》川《がわ》〈九頭竜覚山 浮世綴㈣〉
荒崎一海　一色町雪花〈九頭竜覚山 浮世綴㈤〉
朱野帰《かえ》子《こ》　駅物語
朱野帰子　対岸の家事
東　浩紀　一般意志2・0〈ルソー、フロイト、グーグル〉
朝倉宏景　白球アフロ
朝倉宏景　野球部ひとり
朝倉宏景　つよく結べ、ポニーテール
朝倉宏景　あめつちのうた
朝倉宏景　エール〈夕暮れサウスポー〉
朝倉宏景　風が吹いたり、花が散ったり
朝井リョウ　スペードの3
朝井リョウ　世にも奇妙な君物語
有沢ゆう希／末次由紀 原作　〈小説〉ちはやふる 上の句
有沢ゆう希／末次由紀 原作　〈小説〉ちはやふる 下の句
有沢ゆう希／末次由紀 原作　〈小説〉ちはやふる 結び
有沢ゆう希　小説 パーフェクトワールド〈君といる奇跡〉
有沢ゆう希／原作：金田一蓮十郎／脚本：徳永友一　小説 ライアー×ライアー
秋川滝美　幸《こう》腹《ふく》な百貨店
秋川滝美　幸腹な百貨店〈デパ地下おにぎり騒動〉
秋川滝美　幸腹な百貨店〈催事場で蕎麦屋呑み〉
秋川滝美　マチのお気楽料理教室
秋川滝美　ヒソップ亭〈湯けむり食事処〉
秋川滝美　ヒソップ亭2〈湯けむり食事処〉
赤神　諒　神遊の城
赤神　諒　大友二階崩れ
赤神　諒　大友落月記
赤神　諒　酔象の流儀 朝倉盛衰記
赤神　諒　空《うつせ》貝《がい》〈村上水軍の神《しん》姫《き》〉
赤神　諒　立花三将伝
彩瀬まる　やがて海へと届く
浅生　鴨　伴走者
天野純希　有楽斎の戦
天野純希　雑《さい》賀《か》のいくさ姫《ひめ》
青木祐子　コーチ！〈はげまし屋・立花ことりのクライアントファイル〉
秋《あき》保《う》水《すい》菓《か》　コンビニなしでは生きられない
相沢沙呼　medium《メディウム》 霊媒探偵城塚翡翠《じょうづかひすい》
相沢沙呼　invert《インヴァート》 城塚翡翠倒叙集

講談社文庫　目録

新井見枝香　本屋の新井
碧野　圭　凜として弓を引く
碧野　圭　凜として弓を引く〈青雲篇〉
赤松利市　東京棄民
五木寛之　ソフィアの秋
五木寛之　狼のブルース
五木寛之　海峡物語
五木寛之　風花のひと
五木寛之　鳥の歌(上)(下)
五木寛之　燃える秋
五木寛之　真夜中の望遠鏡〈流されゆく日々'78〉
五木寛之　ナホトカ青春航路〈流されゆく日々'79〉
五木寛之　旅の幻燈
五木寛之　他力
五木寛之　こころの天気図
五木寛之　新装版 恋歌
五木寛之　百寺巡礼 第一巻 奈良
五木寛之　百寺巡礼 第二巻 北陸
五木寛之　百寺巡礼 第三巻 京都I
五木寛之　百寺巡礼 第四巻 滋賀・東海
五木寛之　百寺巡礼 第五巻 関東・信州
五木寛之　百寺巡礼 第六巻 関西
五木寛之　百寺巡礼 第七巻 東北
五木寛之　百寺巡礼 第八巻 山陰・山陽
五木寛之　百寺巡礼 第九巻 京都II
五木寛之　百寺巡礼 第十巻 四国・九州
五木寛之　海外版 百寺巡礼 インド1
五木寛之　海外版 百寺巡礼 インド2
五木寛之　海外版 百寺巡礼 朝鮮半島
五木寛之　海外版 百寺巡礼 中国
五木寛之　海外版 百寺巡礼 ブータン
五木寛之　海外版 百寺巡礼 日本・アメリカ
五木寛之　青春の門 第七部 挑戦篇
五木寛之　青春の門 第八部 風雲篇
五木寛之　青春の門 第九部 漂流篇
五木寛之　親鸞 青春篇(上)(下)
五木寛之　親鸞 激動篇(上)(下)
五木寛之　親鸞 完結篇(上)(下)
五木寛之　五木寛之の金沢さんぽ
五木寛之　海を見ていたジョニー 新装版
井上ひさし　モッキンポット師の後始末
井上ひさし　ナイン
井上ひさし　四千万歩の男 全五冊
井上ひさし　四千万歩の男 忠敬の生き方
井上ひさし・司馬遼太郎　新装版 国家・宗教・日本人
池波正太郎　私の歳月
池波正太郎　よい匂いのする一夜
池波正太郎　梅安料理ごよみ
池波正太郎　わが家の夕めし
池波正太郎　新装版 緑のオリンピア
池波正太郎　新装版 殺しの四人〈仕掛人・藤枝梅安(一)〉
池波正太郎　新装版 梅安蟻地獄〈仕掛人・藤枝梅安(二)〉
池波正太郎　新装版 梅安最合傘〈仕掛人・藤枝梅安(三)〉
池波正太郎　新装版 梅安針供養〈仕掛人・藤枝梅安(四)〉
池波正太郎　新装版 梅安乱れ雲〈仕掛人・藤枝梅安(五)〉
池波正太郎　新装版 梅安影法師〈仕掛人・藤枝梅安(六)〉
池波正太郎　新装版 梅安冬時雨〈仕掛人・藤枝梅安(七)〉

2023年12月15日現在